DIE DORF-
INDIANER

EDGAR WÜPPER

DIE DORF-INDIANER

Mit Bildern von
Gaby van Emmerich

THIENEMANN

Für meine Tochter Chiara

DAKOTA

Ein Dorf ist keine Stadt.

Klar, bei uns gibt's kein Kino und keine Disco. Keine Geschäftsstraßen und so. Trotzdem, ich lebe lieber auf dem Dorf.

Bei uns kannst du irgendwo auf einer Wiese liegen, süße Grashalme kauen und um dich herum summen irgendwelche Insekten. Ich weiß nicht, ob es so viele auch in den Städten gibt. Ich glaube, die leben auch lieber auf dem Lande.

Oder du kannst einsam durch den Wald streifen. Meist siehst du keinen einzigen Menschen. Nicht so wie in den Stadtparks, wo bei jedem Sonnenstrahl der Teufel los ist.

In der Stadt ist alles sortiert. Die Wohnblöcke, Parkplätze, Geschäfte, Grünanlagen. Bei uns ist alles ein bisschen unordentlicher.

Na gut, alles hat seine Vor- und Nachteile.

Und es gibt eben auch unterschiedliche Meinungen.

Paola ist meine Cousine und sie wohnt in der Stadt. Manchmal ist sie ein paar Tage bei uns. Jedesmal kriegen wir uns in die Haare.

»Zoe«, sagt sie, »euer Kaff ist stinklangweilig, ich würde hier regelrecht verblöden!«

»Und was macht dich in der Stadt so schlau?«, habe ich sie gefragt. »Dass du an den Ampeln die Farben unterscheiden lernst?« Gut, das war vielleicht ein bisschen gemein. Aber ich war wütend. Deswegen habe ich noch weiter gestänkert: »Oder, dass du in den Schaufenstern Preisschilder lesen kannst oder in den Kaufhäusern Rolltreppe fahren? Wie aufregend!«

Paola lässt sich aber nicht beirren. »Bei uns in der Stadt ist einfach was los!«

Basta! Was genau da los ist, hat sie mir noch nie gesagt.

»Bei euch ist doch der Hund verfroren!«, fügt

sie noch hinzu. Und schon geht die ganze Streiterei weiter.

Mathilda heißt mein Hund. Und sie ist quietschfidel.

Schon schimpfe ich wieder auf die Stadt.

Hier auf dem Dorf können auch Hunde ganz anders leben. Das sage ich. Und: »Wenn es nach mir ginge, dürften in der Stadt gar keine Hunde gehalten werden. Das ist nämlich Tierquälerei!«

»Du spinnst doch!«, schreit Paola. »Außerdem geht es Gott sei Dank nicht nach dir!«

Wieder mal hat sie die Nase gestrichen voll, rast zum Telefon und ruft ihre Mutter an. Die soll sie so schnell wie möglich abholen. Die beiden wohnen nicht weit von uns in einer größeren Stadt, in einem riesigen Häuserblock.

Ihre Mutter ist geschieden und muss viel arbeiten. Sie sagt bestimmt immer: »Paola, fahr eine Woche aufs Land. Das tut dir gut und du hast deine Cousine Zoe zum Spielen!«

Eigentlich müsste sie's ja merken, dass es

Paola überhaupt nicht gut tut, sonst würde die nicht ewig anrufen und heulen und wieder nach Hause wollen. Erwachsene bestimmen oft, was Kindern gut tut. Große Gedanken machen sie sich dabei nicht.

Paola und ich spielen auch nicht gern zusammen.

Wir haben ein kleines Fachwerkhaus mit einer Scheune und Garten. Da gibt es tausend Ecken zum Rumtoben und Verstecken. Paola hat meist keine Lust zu so was. Im Bach gibt es ein paar Wasserlöcher zum Baden. Eigentlich sollen wir da nicht hin. Weil das Wasser nicht so ganz sauber ist. Krank geworden ist aber noch niemand. Paola geht trotzdem nicht mit. Sie wartet lieber, bis meine Mutter mittags von der Arbeit kommt und uns ins Freibad fährt. Das liegt zwei Orte weiter. Abends werden wir wieder mit dem Auto abgeholt.

Meiner Mutter gefällt das. Sie sagt: »Da weiß ich, wo ihr seid!«

Ich hab's nicht so gern, irgendwo festzusitzen.

Jedenfalls ist Paola froh, wenn sie wieder in ihre geliebte Stadt zurückkann. Und ich bin glücklich, dass sie weg ist.

Wir wohnen noch gar nicht so lange auf dem Dorf. Vor fünf Jahren haben meine Eltern das Haus gekauft. War damals ein ziemlich gammliger Schuppen, das hab ich auf Fotos gesehen. Hauptsächlich mein Vater hat alles wieder hergerichtet. Das ist sein Hobby. Er kann fast alles: mauern, zimmern, verputzen, neue Fenster und Türen einsetzen.

Überall stehen dafür Maschinen und liegt Werkzeug herum.

Er arbeitet tagsüber in einem kleinen Baumarkt in Biberg, das ist ein etwas größerer Ort, zehn Kilometer entfernt. Der Job ist ganz praktisch, da bekommt er natürlich alles Mögliche viel billiger.

Meine Mutter arbeitet halbtags hier im Lebensmittelladen. Der ist gleich neben der

Kirche. Nachmittags verbringt sie die meiste Zeit im Garten. Außer im Winter natürlich.

Mathilda ist vanillegelb, hat kurzes Fell. Die Rasse heißt Labrador. Sie tobt für ihr Leben gern im Wasser herum. Und ist unheimlich lieb. Sie hat immer gute Laune und wedelt deshalb den ganzen Tag mit ihrem Schwanz.

Katzen haben wir auch. Die schlafen in der Scheune im Heu.

Hinten im Garten ist noch ein Hühnergehege und auf der Wiese am Dorfrand stehen den ganzen Sommer über unsere beiden Ponys Pünktchen und Anton und die Kuh. Sie heißt Laura.

Laura ist schon dreizehn Jahre alt und gibt keine Milch mehr. Meine Eltern haben sie damals gekauft, damit wir uns gesünder ernähren. Mutter hat gemolken und selbst Butter, Joghurt und Frischkäse gemacht. Jedes Frühjahr bekam Laura ein Kälbchen. Die wurden dann im Herbst geschlachtet.

Aber nach dem zweiten Mal gab es große Diskussionen.

Vater hatte immer schon eine Woche vor dem Schlachttermin Bauchschmerzen. Mutter zog ein Gesicht, wenn sie vom Melken kam. Ich war sowieso den ganzen Tag über verschwunden, wenn es so weit war.

Zu der Zeit hatten wir auch noch zwei Schweine, die hinten im Garten in einem Stall mit Auslauf lebten. Kurz nach dem kleinen Bullen waren die auch dran. An diesem Tag war Vater total geknickt. Jeder weiß, dass Schweine genau merken, wenn es ihnen ans Leder geht. Die beiden hatten aber so ein Vertrauen zu meinem Vater, dass sie sich arglos zum Schlachter führen ließen.

Vater hatte einen dicken Kloß im Hals. Er sagte: »Ich bin mir vorgekommen wie ein richtiger Lump und Verräter!« Wir saßen am Tisch im Esszimmer und nach ein paar Worten war klar: Bei uns wird kein Tier mehr geschlachtet. »Wenn man da nicht richtig hinter steht und es nicht kann, muss man es eben lassen!«, sagte Vater abschließend.

Wir waren einverstanden.

Eine Kuh muss jedes Jahr ein Kalb bekommen, wenn es mit der Milch weitergehen soll. Aber wir wollten keinen Nachwuchs mehr. So blieb Laura einfach so bei uns und steht mit den zwei Ponys zusammen auf der Weide. Die anderen Bauern sagen immer zu meinem Vater: »Mensch, schlachte endlich deine Kuh! Sie wird immer älter und das Fleisch immer zäher!«

Vater lacht dann nur und schüttelt den Kopf. »Die hat bei uns Einsitzrecht!« So nennen es die Bauern, wenn die Alten Wohnrecht auf Lebenszeit haben. Die anderen finden es ziemlich verrückt, die Laura durchzufüttern. Bei der Sache bin ich richtig stolz auf meinen Vater.

Wenn der Tierarzt zum Impfen kommt, sagt er jedes Mal: »Das ist die älteste Kuh weit und breit!«

Im Augenblick hab ich ein bisschen Ärger in der Schule. Wir sprechen über Indianer in

Nordamerika. Was der Kolumbus entdeckt hat und so. Darüber sollten wir einen Aufsatz schreiben. Unser Lehrer, der Neumann, hat uns erzählt, dass so eine Entdeckung eine wichtige Sache ist und vieles umgekrempelt hat. Indianer sind mein Lieblingsthema und ich hab 'ne Menge darüber gelesen. Außerdem hat mich das Geschwafel aufgeregt. Jedenfalls hab ich den Aufsatz ein wenig umgeändert. Als Überschrift nahm ich: »Als die Indianer Deutschland entdeckten«. Den Rest musste ich am nächsten Tag vorlesen:

»Es war am 14. Januar 1848, so um die Mittagszeit. Da landeten mindestens vierzig Kanus mit Indianern an der Nordseeküste. Eigentlich wollten sie Afrika entdecken. Aber sie hatten sich irgendwie verpaddelt. Außerdem war es unheimlich neblig. Aber die Indianer wussten nichts davon. Sie dachten jedenfalls, dass Ostfriesland Afrika ist. Von der langen Reise über das Meer waren die Indianer erschöpft und entkräftet. Es war auch saukalt.

Die Ostfriesen staunten nicht schlecht, als sie all die bunten Menschen sahen. Aber gastfreundlich wie sie sind, kochten sie erst mal einen Tee. Zu essen gab es reichlich, und warme Socken auch.

Bald kamen die Indianer wieder zu Kräften. Und in der Zwischenzeit landeten weitere Boote an der Küste. Plötzlich wurden die Indianer anders. Sie überfielen Bauernhöfe und brannten sie nieder. Seitdem werden junge Ostfriesen als Sklaven eingefangen und nach Amerika geschickt.

Alle Bauern verlieren ihr Land. Das Vieh auf den Weiden wird einfach abgeschossen. Ganz Deutschland ist in Angst und Schrecken versetzt.

Die Indianer übernehmen die Macht. Viele Deutsche werden einfach umgebracht. Der Rest lebt zusammengepfercht in besonderen kleinen Gebieten, die nicht verlassen werden dürfen.

Den deutschen Kindern ist bei Strafe verboten die eigene Sprache zu benutzen. Sie müssen jetzt Indianisch lernen.

Das ist die Geschichte von der Entdeckung Deutschlands!«

Die meisten aus der Klasse fanden meinen Aufsatz ziemlich blöd. Nur Anna und Andrea nicht. Aber die sind eh meine Freundinnen.

Patrick hat gerufen: »Das hätten sich die Deutschen nie gefallen lassen!«

Ich habe nichts mehr dazu gesagt. Der Neumann war stocksauer. Und ich habe vor Wut gekocht. Aber nichts gezeigt. Sonst hätte ich gebrüllt: »Diese ganzen Typen, die in den Geschichtsbüchern als Helden aufgeführt sind, waren in Wirklichkeit meist Mörder und Räuber!« Schöne Geschichte!

Natürlich ist mein Aufsatz erstunken und erlogen. Aber ich habe alles nur umgedreht. Das haben nämlich die weißen Entdecker mit den Indianern gemacht. Indianer hätten nie so gehandelt.

Ich finde es gut, dass ich das zur Sprache

Dakota

gebracht habe. Man muss zeigen, auf wessen Seite man steht. Und seit dem Tag laufe ich auch so rum. Mit buntem Stirnband und Fransenjacke. Robin habe ich ein Perlenarmband abgekungelt. Und das Beste: Ich habe meinen Namen geändert.

Ich heiße jetzt Dakota.

DER PLAN

Nicole fragt mich, was ich an Indianern so gut finde.

»Wie sie mit der Natur umgehen!«, sage ich. »Tiere und Pflanzen sind ihre Freunde.«

Nicole guckt erwartungsvoll. Das reicht ihr nicht.

Ich überlege.

»Für Indianer ist ein Baum nicht einfach Brennholz, sondern die Wohnung von Tieren. Und ein eigenständiges Lebewesen. Verstehst du? Er lebt und darf nicht ohne weiteres getötet werden!«

»Hm.« Nicole reibt sich mit dem Zeigefinger die Nase.

Ich hole tief Luft.

»Du musst mal mit deiner Hand über die raue Haut der Rinde von einem Baum streicheln oder dich mit dem Rücken an den Stamm lehnen. Dann fühlst du was!«

Nicole lächelt. »Immer musst du übertreiben, Zoe!«

»Dakota!«, verbessere ich.

Ich denke, wir sind alle ein bisschen Indianer.

Mein Vater ist ein bisschen Indianer, weil er Laura leben lässt.

Und Mutter ist ein bisschen Indianerin, weil sie mit ihren Pflanzen im Garten spricht.

Alle, die die Natur lieben und nicht alles zertreten und ausreißen und vernichten, sind ein bisschen Indianer.

Das habe ich schon ein paar Mal gesagt.

Patrick meinte: »Du bist doch total übergeschnappt! Indianer haben lange schwarze Haare, rotbraune Haut und leben in Amerika. Und du? Hast blonde Haare, vielleicht einmal im Jahr einen Sonnenbrand und wohnst in Moosberg ...!«

Er hat natürlich nicht geschnallt, was ich meinte.

Ich denke eben, Indianer sein hat nicht nur was mit der Hautfarbe oder dem Wohnort zu tun. Sondern auch damit, wie man lebt.

Ich weiß nicht. Vielleicht spinne ich wirklich.

Eins lasse ich mir jedenfalls nicht ausreden. Alle Leute schwafeln vom Umweltschutz. Wenn wir nur ein klein wenig von den Indianern lernen würden, ginge es Pflanzen, Tieren, Menschen und der ganzen Erde viel besser.

Gestern kam wieder so ein blöder Western im Fernsehen. Indianer kamen auch drin vor. Richtige Sätze konnten sie nicht sprechen. Sie grunzten etwas herum und benahmen sich, als wenn sie nicht bis drei zählen könnten. Ich habe in einem Buch gelesen, dass die indianischen Sprachen ganz anders sind als unsere. Viel genauer, mit viel mehr Wörtern.

Meist werden die Indianer als die letzten Idioten hingestellt.

Auf so 'nem hohen Ross dürften wir eigentlich gar nicht sitzen.

Viele Lebensmittel und Dinge des täglichen

Gebrauchs kommen von den Indianern aus Nord- und Südamerika. Zum Beispiel die Gemüsesorten wie Tomaten, Kartoffeln, Mais, Bohnen oder Kürbis. So blöd waren die Indianer also bestimmt nicht.

Das habe ich im Unterricht auch dem Neumann gesagt. Und dass sie prima ohne die Weißen klargekommen wären. Sie haben zufrieden gelebt. Ohne Bücher, Fernsehen, Telefon, Motorsägen, Autos oder Flugzeuge. Kaum zu glauben, was?

Am Anfang fanden ja die meisten aus meiner Klasse meinen Indianertick eher doof. Aber wenn man bei der Stange bleibt, macht das doch ganz schön Eindruck.

In einer der nächsten Stunden fragte Nicole den Neumann, ob das mit den Tomaten und Kartoffeln stimme. Das hatte ich ihr nämlich auch erzählt.

Der Neumann hat natürlich drum herum geredet. Es ist richtig, hat er gesagt, aber es hätten eben alle Völker voneinander gelernt und profitiert. Das war der absolute Schwachsinn. Er guckte kurz zu mir herüber, ob ich aus der Haut fahre. Ich war nahe dran, habe mich aber entschieden, ganz cool zu bleiben und keine Miene zu verziehen. Ich hab ihn ablaufen lassen.

Das hat gut gewirkt. Die anderen haben gemerkt, dass der Neumann über Indianer nichts drauf hat.

Mit Geschwafel kommt man eben nicht weit. Bei ganz vielen Sachen muss man Partei ergreifen.

Mein Vater schimpft deshalb immer mit mir. »Fall doch nicht mit der Tür ins Haus!«, sagt er. »Du haust die Leute immer direkt vor den Kopf! Das ist ungeschickt!«

So was regt mich auf.

Irgendwas sagen und gleich die Hälfte davon zurücknehmen. Darin ist mein Vater auch Meister. Das ist wahrscheinlich geschickt. Ich mag das nicht.

Außerdem stimmt es nicht. Manchmal musst

du ein bisschen auf die Pauke hauen, sonst hört doch kein Mensch zu.

Nadine, Anna und Karla tragen jetzt auch bunte Stirnbänder. Nicole hat sich zwei Bücher über Indianer von mir ausgeliehen. Und dann ging es eigentlich blitzschnell.

Keine weiß, wer den Vorschlag machte. Plötzlich war er da.

Wir stehen mit fünf, sechs Mädchen auf dem Schulhof und albern herum. Die gute Laune steigt mit jeder Minute, denn in zwei Tagen beginnen die Sommerferien.

»Warum machen wir nicht eine Woche Indianerferien?«, sagt irgendwer irgendwann in das Durcheinander hinein.

Es war, als hätten wir nur auf diese Idee gewartet.

»Das müssen wir gleich nächste Woche machen, ehe die Werksferien beginnen. Da fahre ich mit meinen Eltern weg!« Andreas Vater arbeitet wie die meisten Männer aus Moosberg in der Autofabrik bei Biberg.

»Naja«, lacht Nadine, »wo ist das Problem? Halten wir nächste Woche fest!«

Alle nicken. Ich kratze mich am Kopf. »Wir müssen das aber richtig vorbereiten, sonst können wir gleich auf den Campingplatz gehen!«

»Natürlich!« Nicole schaut mich erstaunt an. »Wir machen einen richtigen Plan. Ich bin dabei!«

Nach einigem Hin und Her übernehmen Anna, Nicole und ich die Vorbereitung. Wir beschließen: Am Sonntag treffen wir uns am Bushäuschen und sagen es den anderen.

Die Jungen hatten auch etwas von unserem Vorhaben mitgekriegt.

»Was wollt ihr machen?«, fragt Patrick. »Ein Zeltlager?«

»Wir können euch aufspüren und überfallen!«, freut sich Markus.

»Wie originell!« Nadine schaut ihn mitleidig an.

»Schon gut!« Markus dreht ab und verschwindet mit Patrick.

Auf dem Weg in die Klasse meint Anna: »Habt ihr schon eine Idee, wo wir die Zelte aufschlagen können?«

Andrea überlegt. »Bei uns im Obstgarten zum Beispiel! Der liegt schön versteckt und nicht so auf dem Präsentierteller!«

»Kannst ja mal fragen!«, sage ich.

»Wer soll was dagegen haben?« Andrea ist sich ziemlich sicher.

Nach der Schule verabrede ich mich mit Anna und Nicole.

»Um drei Uhr bei mir?«, frage ich und sie sind einverstanden.

Nachmittags liegen wir in meinem Zimmer auf dem Teppich und wälzen Indianerbücher.

»Guck mal hier«, ruft Anna. »Hier ist beschrieben, wie ein Tipi aufgebaut wird!«

»Tipi …«, Nicole runzelt die Stirn, »was is'n das?«

»So nennen die Prärieindianer ihre Zelte!«, erkläre ich.

Wir gucken gemeinsam auf die Zeichnung.

»Sieht gut aus!«, meint Nicole. »Das sollten wir machen!«

»Und das Material?«, fragt Anna.

»Zeig mal her!« Ich nehme das Buch. »Als Zeltstangen könnten wir Bohnenstangen besorgen. Vielleicht hat meine Mutter noch ein paar in Reserve ... Aber eine Plane. Da muss ich meinen Vater fragen. Der hatte mal so was zum Abdecken für den Anhänger.«

Anna denkt praktisch.

»Lasst uns doch mal alles, was wir brauchen auf einen großen Zettel schreiben. Sonst vergessen wir garantiert die Hälfte!«

Da hat sie Recht.

Ich hole ein Blatt Papier und einen Kugelschreiber.

»Reicht denn so ein Tipi für alle zum Schlafen?« Anna hat da Zweifel.

»Kommt darauf an, wie viel mitmachen«, sagt Nicole. »Der Rest muss eben in normalen Zelten pennen!«

Anna schaut uns an. »Mal was anderes. Dürfen auch Jungen mitkommen? Mein Bruder fände das ganz toll!«

Daran hatten wir noch gar nicht gedacht.

»Der bringt doch bestimmt noch Freunde mit. Ob das gut geht? Nachher gibt es Zoff und wir ärgern uns nur!« Nicole verzieht das Gesicht.

»Quatsch!« Anna schüttelt den Kopf. »Lass doch am Sonntag erst mal alle zum Bushäuschen kommen. Da reden wir dann Klartext!«

Der Vorschlag ist gut.

Wir kritzeln weiter unsere Liste zusammen.

»Essen!«, ruft Anna plötzlich. »Wir brauchen Rezepte, Geschirr und Vorräte!«

»Sieh mal in das untere Buch!« Ich zeige auf den Stapel. »Da stehen eine Menge indianischer Gerichte drin!«

Nach und nach fällt uns noch dies und jenes ein. Schließlich ist der Zettel voll geschrieben.

Anna sieht schon ein neues Problem: »Und wie transportieren wir das ganze Zeug?«

»Das übernehme ich!«

Die beiden gucken mich groß an.

»Mit meinen Helfern Pünktchen, Anton und Mathilda!«

Anna und Nicole fragen nicht weiter, es ist spät geworden und sie müssen schnell nach Hause.

Als ich am Sonntag zum Bushäuschen komme, ist dort schon Betrieb. Andrea, Karla, Nadine, Nicole und Anna sind da. Und zwei Jungen: Björn und Roberto.

Die erste Freude ist verfrüht. Karla und Nadine dürfen nicht zelten. Sie wollen aber tagsüber kommen. Paula, Martina und Sara möchten das auch. Sagt Nicole.

Bleiben vier Mädchen und zwei Jungen übrig. Wir bauen ein Tipi für uns und Björn bringt ein kleines Zelt mit. Soweit die Schlafplätze.

Nicole und Anna haben Rezepte rausgesucht und besorgen die Zutaten. Dann gehen wir noch einmal unseren Zettel durch und verteilen die restlichen Aufgaben.

Montag Mittag ist Treffen bei mir vorm Haus. Da wird alles verpackt und es geht los in Richtung Obstgarten von Andreas Eltern.

MONTAG: AUF INS INDIANERLAGER

So einen komischen Aufmarsch hat die Indianergeschichte bestimmt noch nicht gesehen!

Bis sich alle versammelt haben, das hat schon lange genug gedauert. Endlich, so gegen zwei Uhr nachmittags, konnten wir starten.

Vorweg Mathilda und die zwei Ponys mit ihren Travois. Das muss ich erklären. Travois sind indianische Traggestelle. Den Pferden habe ich Bohnenstangen über Kreuz auf den Rücken gelegt. Kurz unterhalb der Spitzen werden sie zusammengebunden und mit einem Gurt am Körper der Tiere befestigt. Die dickeren Enden schleifen gespreizt auf dem Boden. Dazwischen habe ich ein paar kurze Stangen quer festgebunden. Das ergibt ein Traggestell auf dem die Indianer ihre Lasten transportiert haben.

Auch Mathilda hat so ein Gestell auf ihrem Rücken. Sie trägt meinen Schlafsack. Stolz marschiert sie voraus.

Dahinter Karla mit Pünktchen und ich mit Anton. Den Pferden haben wir gleich jeweils vier Stangen aufgeschnallt, damit wir genug für das Tipi haben. Hinten auf der Tragfläche sind die Zeltplane, Decken und eine Kiste mit Kochtöpfen und Schüsseln verstaut.

Hinter uns gehen Nadine, Anna und Nicole. Sie tragen Rucksäcke auf ihren Schultern.

Nicole hat noch einen alten Koffer in der Hand. Sara und Martina haben sich an der nächsten Straßenecke dem Zug angeschlossen. Den Schluss bilden Björn und Roberto. Björn schiebt sein Fahrrad mit einem Anhänger, auf dem ein Kasten Sprudel und ein Zelt verpackt sind.

Wie gesagt, wir sehen eher aus wie ein wild zusammengewürfelter Haufen. Eher wie eine Mischung aus Flüchtlingen und Zirkusleuten oder so.

Dementsprechend gucken auch die Leute, die uns vorbeiziehen sehen. Sie machen große Augen. Man sieht ihren Gesichtern die Gedanken an. »Karneval ist doch längst vorbei« zum Beispiel.

Die meisten blicken aber überhaupt nicht durch und schauen ziemlich doof aus der Wäsche.

Hinter der Dorfstraße biegen wir ab. Die letzte Strecke geht über einen sandigen Feldweg. Die Enden der Traggestelle kratzen über den Boden. Kleine Staubwolken wehen hoch. Es ist verdammt heiß. Wir schwitzen. Aber dann haben wir es geschafft. Andrea steht am Tor des Obstgartens. Als sie uns sieht, muss sie erst mal lachen.

»Echt stark!«, kichert sie.

Der Obstgarten ist eingezäunt. Viele Kirsch-, Apfel- und Birnbäume geben genügend Schatten. Auf der einen Seite steht ein kleiner windschiefer Schuppen. Und nicht weit davon ist eine Grillstelle.

Dahin dirigiert uns Andrea.

»Hier können wir die beiden Zelte aufbauen und auch Feuer machen!«, sagt Andrea. »Und wir zertreten nicht so viel Gras. Das mäht nämlich mein Opa immer für die Kaninchen!«

»Dürfen Pünktchen und Anton ein bisschen fressen? Sie sollen eigentlich bei uns bleiben ...«, frage ich.

Andrea nickt. »Na klar, lass sie laufen. Ist doch genug Futter da!«

Schnell befreien wir Mathilda, Pünktchen und Anton von den Travois. Mathilda stürmt sofort los und tobt durch das hohe Gras. Die beiden Ponys gehen ein paar Schritte, senken den Kopf und fressen.

»Puh!« Ich lasse mich auf den Boden fallen. Auch die anderen hocken sich auf die Wiese. »Lasst uns erst mal was trinken!«

Björn zerrt den Kasten Sprudel vom Fahrradanhänger.

Im Schatten der Bäume zu liegen ist schön und macht ein bisschen müde.

Schließlich ist es Anna, die uns hochscheucht: »Los, wir müssen das Tipi aufbauen!« Murrend gehen wir an die Arbeit.

Nicole hat aufgezeichnet, wie es am besten funktioniert. Wir legen zunächst drei Bohnenstangen auf der Erde zu einem Dreibein. Ich habe einen Packen Strohseile mitgebracht. Mit den Schnüren binden wir unterhalb der Spitzen die drei Stangen zusammen.

»Sie müssen einigermaßen beweglich sein!«, sagt Nicole.

»Was denn nun?« Anna ist genervt.

»Ihr dürft sie nicht zu fest und nicht zu locker zusammenbinden«, erklärt Nicole. »Weil wir sie später vielleicht enger zusammen- oder auseinander rücken müssen, klar?«

Nichts ist so richtig klar. Aber wir haben alles zusammengezurrt.

»Jetzt die Plane!« Nicole schaut angestrengt auf ihre Zeichnung. »Eine Halteleine gehört noch in die Mitte. Damit uns nachher das Gerüst nicht umfällt!«

Ich knote ein paar Seile zusammen und befestige sie oben an den Stangen. Wir gucken Nicole über die Schulter auf ihren Zettel.

»Jetzt spießen wir die Spitze einer Stange durch die Öse von der Plane und stellen das ganze Ding auf die Beine!« Anna dauert alles zu lange.

Wir piken das Ende einer Bohnenstange in die Öse.

Nicole macht ein bedenkliches Gesicht. »Hoffentlich bricht die Spitze nicht ab!«

Zum Glück ist die Plane nicht besonders schwer. Mit vereinten Kräften stellen wir das Dreieck auf. Alles wackelt und droht wieder einzustürzen.

»Schnell, die Mittelleine befestigen!«, schreit Anna.

Mit dem Hammer schlage ich einen Hering in die Erde und knote die Leine in der Mitte des Zeltes fest.

Roberto kommt zu Hilfe, nimmt eine weitere Bohnenstange, steckt sie in die Öse am unteren

Rand der Plane und zieht sie rund um das Gestänge.

»Wir haben Glück gehabt!«, meint Nicole und zeigt auf die Breite der Plane, die gerade bis auf den Boden reicht. Sie hat Recht, eigentlich hätten wir das vorher ausmessen müssen.

Dann stehen wir vor unserem Tipi, gucken uns an und prusten los. Ein Meisterwerk ist es nicht!

An der Spitze muss die Plane noch besser befestigt werden. Aber wie drankommen?

Ich habe eine Idee. Ich hole mir Pünktchen. Anna muss sie festhalten und ich steige auf ihren Rücken. Vorsichtig lehne ich mich an die Stange und schnüre einige Seile um die Plane. Geschafft!

Zum Schluss knoten wir weitere Stricke an den unteren Ösen fest und schlagen Heringe in die Erde. So wird die Plane noch etwas gespannt.

»Na ja!« Anna kneift ein Auge zu. »So sieht das schon besser aus!«

Von ein paar Falten und Beulen abgesehen hat es entfernte Ähnlichkeit mit einem Tipi.

»Vielleicht sollten wir es morgen noch bunt anmalen«, meint Nicole. »So sieht die Zeltplane grau und hässlich aus!«

»Guter Vorschlag!«, stimmt Anna zu. »Dann müssen wir morgen Farben und Pinsel besorgen!«

Wir holen unsere Iso-Matten und Luftmatratzen und beginnen das Tipi einzurichten. Auch das kleine grüne Zelt von Björn und Roberto ist aufgebaut. Die beiden Jungen pusten mit vollen Backen in ihre Luftmatratzen. Mathilda liegt vor uns im Gras, wedelt mit dem Schwanz und beobachtet alles genau.

Die beiden Pferde freuen sich über das frische Grün und futtern munter drauflos.

»Ich muss den beiden eine Ecke abtrennen!«, überlege ich laut. »Sonst kommt uns Pünktchen unter Garantie heute Nacht besuchen und rammelt das Tipi um!«

Ich nehme Strohseile und knote sie aneinander. Dann treiben wir die beiden Ponys in die hintere Ecke des Gartens. Ich befestige die Schnur an einem Zaunpfahl und spanne um zwei Apfelbäume ein großes Viereck. »Seid ja lieb und bleibt hier drin!«, ermahne ich die beiden. Dann fällt mir noch was ein: Die Pferde brauchen Wasser.

An dem Schuppen steht ein altes Regenfass und es ist auch noch halb voll. Daneben steht ein Plastikeimer. Ich fülle etwas Wasser ein und mache ihn erst mal sauber. Und dann bringe ich den Pferden einen vollen Eimer. Besonders gut riecht das Wasser nicht, aber es ist klar und schön kühl. Mathilda schlappert genüsslich mit aus dem Eimer.

Roberto und Nicole haben unterdessen einige trockene Äste herangeholt. Sie schichten das Holz auf die Feuerstelle.

»Was meint ihr, soll ich es gleich anzünden?«, fragt Roberto.

»Was essen wir überhaupt?« Ich gucke die anderen an.

»Hunger habe ich jedenfalls!«, sagt Anna.

Andrea schaut auf ihre Armbanduhr. »Schon halb acht!«

Nadine, Sara und Martina müssen nach Hause. Sie wollen morgen Vormittag wiederkommen.

»Zum richtig Kochen habe ich keine Lust!«, mault Nicole und seufzt. »Ich bin total kaputt!«

Uns anderen geht es auch nicht viel besser.

Björn springt auf. »Ich hab 'ne Idee. Macht schon mal das Feuer an und lasst es schön durchglühen. Ich bin gleich wieder da!«

Er holt sein Fahrrad und schiebt es auf den Weg. Schon ist er verschwunden.

Die trockenen Zweige fangen schnell Feuer und bald züngeln die Flammen auch an den etwas dickeren Ästen.

Eine Zeit lang sitzen wir still im Kreis.

»Was machen wir morgen?«, unterbricht Nicole das Schweigen.

»Wir können eine Schwitzhütte bauen«, sagt Anna.

»O nee!« Nicole schüttelt den Kopf. »Nicht schon wieder was bauen. Mir reicht noch die Action mit dem Tipi!«

»Wir machen ein paar Indianerspiele!«, schlage ich vor.

Jetzt mischt sich Roberto ein: »Wir sollten erst mal einen Häuptling wählen. Der bestimmt, wo's langgeht. Sonst kommen wir nie zu Potte ...«

Die letzten Wörter werden von wütendem Gebrüll übertönt.

Nicole fährt Roberto an: »Das könnte dir so passen. Bei den Indianern gibt's nicht den großen Boss, der über die anderen bestimmt!«

Roberto versteht die ganze Aufregung nicht. Anna erklärt ihm: »Wir wissen das doch auch nur, weil wir das in einem Buch gelesen haben! Die Indianer wählen jemanden zum Häuptling, der als Sprecher das vertritt, was die Ratsversammlung beschlossen hat ...«

»Er kann jederzeit wieder von allen abgewählt werden!«, fährt Nicole dazwischen.

»Und es gab auch Frauen als Häuptling!«, füge ich hinzu.

»Schon gut! Ich glaub es ja!« Roberto hebt beschwichtigend die Arme. »Trotzdem können wir doch so eine Wahl machen, oder?«

»Meinetwegen«, sagt Nicole, »aber dann morgen, wenn alle anderen auch da sind!«

In diesem Augenblick taucht Björn auf. Schon am Tor schwenkt er einen Beutel. Mathilda springt auf und läuft ihm bellend entgegen.

»Hat ein bisschen länger gedauert!«, entschuldigt sich Björn und schaut prüfend auf die Glut. »Los, legt den Rost über die Steine. Ich habe hier echte Büffelwürstchen!«

Es wird ein richtiges Festessen. Auch Mathilda staubt eine Wurst ab.

Unterdessen ist es dunkel geworden. Das Feuer glimmt nur noch. Ein kühler Wind kommt auf und wirbelt Asche hoch.

»Ich geh schlafen!«, verkündet Anna und steht auf.

Andrea nimmt eine Schüssel und geht zum Wasserfass. Mit einem lauten Zischen und einer weißen Dampfwolke verlöschen die Reste des Lagerfeuers.

Nun ist es stockdunkel und wir tasten uns zu unseren Zelten. Wir Mädchen kraxeln auf allen vieren in das Tipi. Mathilda ebenfalls. Sie quetscht sich neben mich.

Björn und Roberto rumoren noch einige Zeit in ihrem Zelt. Und dann ist plötzlich Ruhe. Die Pferde schnauben, Grillen zirpen. Der Wind schüttelt sacht die Zweige der Bäume. Irgendwo beim Schuppen quietscht eine Maus.

Aber dann hören wir gar nichts mehr. Wir schlafen ein.

DIENSTAG: DAS DONNERWETTER

Der nächste Morgen beginnt mit einem Paukenschlag.

Plötzlich schrecken wir hoch. Mathilda springt auf.

Dann brüllt eine Stimme: »Ich glaub, ich sehe nicht richtig! Was ist denn hier los?«

Andrea reibt sich die Augen und flüstert: »Scheiße, das ist mein Opa!«

Wir verstehen gar nichts.

Andrea krabbelt aus dem Tipi. Mathilda springt hinterher.

»Seid ihr von allen guten Geistern verlassen?«, schreit Andreas Opa. »Ihr zertrampelt mein gutes Futter. Wo kommen überhaupt die Pferde her?«

Wir stecken die Köpfe aus dem Tipi. Da steht ein älterer Mann, hat eine Sense über die Schulter gehängt und einen Handwagen dabei. Er schimpft wie ein Rohrspatz und Andrea steht vor ihm wie ein begossener Pudel. Nur Mathilda freut sich über den unerwarteten Besucher und wedelt freundlich mit dem Schwanz.

Andrea stottert etwas herum, aber ihr Opa lässt sie nicht zu Wort kommen.

»In einer halben Stunde seid ihr hier verschwunden. Sonst könnt ihr was erleben!« Wütend geht er zum Schuppen und lehnt die Sense an die Bretterwand. Den Handwagen schiebt er zur Seite und geht mit schnellen Schritten zum Tor.

»Verdammter Mist!« Andrea sieht uns ratlos an.

»Hast du denn nicht gefragt, ob wir …?«

Andrea schüttelt den Kopf, Tränen schießen ihr in die Augen. »Ich hab gedacht, das geht schon.« Sie heult jetzt richtig.

Anna nimmt sie in den Arm. »Komm her. Ist doch halb so schlimm! Wir räumen eben das Feld!«

»Und wohin?«, fragt Björn. »Wollen wir etwa wieder nach Hause?«

Wir sind jetzt alle ziemlich durcheinander.

»Bauen wir unsere Zelte eben woanders auf!«, sagt Nicole eher etwas hilflos.

»Zum Beispiel im Wald«, schlägt Roberto vor. »Auf einer Lichtung oder so …«

»Na prima!« Anna schüttelt den Kopf. »Dass wir gleich Ärger mit dem Förster kriegen! Nein danke!«

Die ganze Zeit geht mir was durch den Kopf. Aber ich bekomme es nicht zu fassen. Plötzlich hab ich's!

»Wisst ihr was?«, frage ich fröhlich in die Runde. »Wir gehen auf unsere Heuwiese am Sengelsberg!«

Die anderen gucken misstrauisch.

»Stellt euch jetzt nicht so blöd an!« Ich bin ein bisschen sauer, denn ich habe eigentlich Begeisterungsstürme erwartet. Deshalb schiebe ich noch eine Erklärung hinterher. »Die Wiese ist erst vor einer Woche abgeerntet worden. Außerdem ist sie eingezäunt und vielleicht ist auch noch Wasser im Behälter auf dem Wagen. Die Ponys und Laura sollten nämlich auf die Weide, aber dann haben wir doch Heu gemacht!«

Endlich fällt bei den anderen der Groschen.

»He!«, schreit Anna. Und wir hauen die Handflächen aneinander.

»Worauf warten wir?« Roberto guckt in die Runde. »Packen wir zusammen, ehe der alte Wüterich wieder auftaucht!«

Björn holt seinen Fahrradanhänger. Andrea und Nicole räumen das Tipi aus. Anna und ich holen die Ponys. Mathilda springt kreuz und quer herum.

Pünktchen und Anton haben in ihrem abgegrenzten Viereck ganze Arbeit geleistet. »Diese verfressenen Viecher!«, schimpfe ich. Wie ein Stück braungrüner Teppichboden sieht die Ecke aus.

»Ordentlich abgegrast!«, lacht Anna.

Ich sage: »Hoffentlich bekommt Andrea keinen Ärger!«

Alle helfen beim Abbau des Tipis. Die zwei zusammengeknoteten Stangen rollen wir mit der Zeltplane ein. Dann wursteln wir alles zu einem Travois auf dem Rücken von Pünktchen. Auch Anton und Mathilda müssen wieder als Tragtiere herhalten. Als wir aufbrechen, ist von Andreas Opa noch nichts zu sehen.

Schnell verlassen wir den Obstgarten und nehmen mit unserem Treck den Weg in Richtung Sengelsberg.

Mir knurrt der Magen. Die Sonne treibt uns die ersten Schweißperlen auf die Stirn. Irgendwie hatten wir uns das alles etwas lockerer und einfacher vorgestellt.

Anna geht neben mir. Sie grinst herüber. »Ein Indianer kennt keinen Schmerz!«

Sie hat wenigstens ihre gute Laune nicht verloren. So was ist die halbe Miete bei so einer nervigen Sache.

Ich weiß nicht, wie lange wir gebraucht haben. Es kam mir endlos vor. Schließlich tauchte die Weide vor uns am Waldrand auf.

Klatsch, die erste Bremse hat sich auf meinen Arm gesetzt. Ich hasse diese widerlichen Stechviecher und fluche laut.

Anna schaut mich tadelnd an. »Eine echte Indianerin mag alle Tiere, auch Insekten!«

»Ich bin eben nicht vollkommen!« Kaum habe ich es ausgesprochen, merke ich einen Stich in mein rechtes Bein. Mist, jetzt hat mich eine Bremse erwischt.

Auf der Weide ist es besser. Ein Lüftchen weht. Vor dem Unterstand aus Holzstämmen, der auf zwei Seiten mit Brettern verkleidet ist, halten wir an.

Wir laden das Gepäck ab.

Pünktchen und Anton laufen gleich zum Zaun, wo an den Rändern noch höheres Gras steht.

Mathilda rast zur anderen Seite. Dort schlängelt sich ein kleiner Bach an der Grenze der Wiese entlang. Wir hören sie ins Wasser platschen, um sich abzukühlen. Sie hat's gut.

Vor uns liegt ein Riesenberg Gepäck. Wir

hocken uns erst mal in den schattigen Unterstand.

»In dieser Hitze baue ich nichts auf!« Ich lehne mich ausgestreckt an die Bretterwand. Björn spendiert wieder eine Flasche Sprudel. Ich hab zu schnell getrunken und muss rülpsen.

Andrea ist unruhig. Sie fragt Björn: »Kannst du mir mal dein Fahrrad leihen? Ich muss zu Hause vorbeigucken, ehe mein Opa da den großen Aufriss macht. Dann sage ich auch gleich den anderen Bescheid, damit sie wissen, wo wir sind!«

Natürlich hat Björn nichts dagegen und Andrea verschwindet.

Roberto steht am Wasserfass und dreht den Hahn auf.

»Es ist Wasser drin!«, ruft er.

»Kletter mal auf den Wagen und mach die Klappe hoch. Dann siehst du, ob das Fass voll ist!«, schreie ich zurück.

Roberto schielt durch den Stutzen ins Innere.

Die Sonne blendet. Schließlich streckt er den Arm nach unten. »Ziemlich voll!«

Das ist gut. Dann haben wir ausreichend Wasser zum Kochen, Waschen und Abwaschen. Der Bach ist nämlich um diese Zeit nur noch ein kleines Rinnsal.

Allmählich bessert sich unsere Laune. Nicole packt Teller, Brot und Marmelade aus. Der Rest Butter vom Vortag schwimmt in der Dose. Wenn man Hunger hat, schmeckt auch Marmeladenbrot ohne Butter. Mathilda hat auch Appetit. Ich nehme die Tüte mit Trockenfutter und hole Wasser zum Anrühren.

Als wir unser Brot verdrückt haben, taucht Andrea auf.

Sie hat einen Verpflegungskorb dabei.

Stolz hält sie eine Dose Gulaschsuppe in die Höhe. »Drei Stück habe ich bei den Bleichgesichtern erbeutet!«

»Prima!« Roberto reibt sich den Bauch. »Ich werfe gleich mal das Feuer an!«

Wir schwärmen aus und holen vom Waldrand trockenes Holz. Björn und Nicole holen ein paar Feldsteine heran und legen sie als Kreis um die Feuerstelle.

»Seid ihr auch weit genug von dem Unterstand weg?«, rufe ich hinüber. »Nicht, dass uns noch der Schuppen abfackelt!«

»Keine Angst!«, lacht Nicole.

Bald prasselt ein kleines Feuer. Natürlich fehlt wieder was! Diesmal ist es der Grillrost, auf den wir unseren Suppentopf stellen wollen. Dann kommt Anna auf die Idee noch zwei Steine in die Glut zu legen und den Topf darauf zu setzen. So einfach ist das aber nicht. Es ist verdammt heiß so nah am Feuer und der Rauch beißt in Augen und Lunge.

Schließlich ist es geschafft. Der Topf steht etwas wacklig, aber bleibt auf den Steinen stehen. Nicole nimmt einfach einen längeren Stock, wischt ihn ab und rührt damit ab und zu durch die Suppe.

»Alles Natur!«, grinst sie. »Oder wollt ihr angebrannte Gulaschsuppe?«

»Hast du mit deinem Opa gesprochen?«, fragt Nicole.

Andrea wiegt den Kopf hin und her. »Ein bisschen sauer ist er schon. Ich hab mich entschuldigt …«

»Vielleicht sollten wir zusammenlegen und ihm eine Flasche Wein kaufen oder so was!«, schlage ich vor. Die anderen nicken.

»Den Übrigen habe ich auch Bescheid gesagt!« Andrea nimmt den Topf schnell vom Feuer. »Die rücken irgendwann heute Nachmittag hier an!«

Wir löffeln schweigend die heiße Suppe. Es ist ein wenig kühler geworden. Nicole betrachtet die leeren Blechdosen. Dann springt sie auf und holt ein Buch aus ihrem Gepäck. Nach etwas Blättern hat sie die richtige Stelle gefunden.

»Nach dem Essen tut etwas Bewegung gut!«, meint sie. »Lasst uns hier drüben im Schatten den Klapperschlangentanz machen!«

»He …?« Björn ist nicht gerade begeistert.

»Es ist ein Spiel«, erklärt Nicole, »das unser Gehör schärft. Und Indianer müssen wachsam sein!«

Wir hören zu, was wir alles brauchen. Nicole spült zwei Suppendosen aus. Anna holt zwei Halstücher und ich Strohseile.

Die ersten Klapperschlangen sind Björn und ich. Uns werden die Augen verbunden und jedem ein Seil mit einer Konservendose um den Bauch geknotet. Die Büchse klappert auf der Erde.

Nicole erhebt die Stimme: »Ihr werdet jetzt auf eure Plätze geführt, die ungefähr zehn Meter auseinander liegen! Und dann sollt ihr so schnell wie möglich zueinander finden. Ihr müsst auf die Geräusche der Dosen auf dem Boden achten, dann merkt ihr, wo der andere ist.« Sie macht eine kleine Pause.

»Und damit das nicht zu einfach ist, machen wir so viel Krach und Geschrei, dass ihr genau hinhören müsst!«

Kein Problem, denke ich. Nicole gibt das

Startsignal. Und dann machen alle einen Höllenlärm. Mathilda kommt herangestürmt und bellt laut. Wir müssen ganz schön die Ohren spitzen und brauchen einige Zeit, bis wir uns endlich mit den Händen berühren.

Jetzt können wir zwei andere Klapperschlangen bestimmen und binden ihnen die Halstücher über die Augen.

Das Spiel macht Spaß. Aber langsam werden wir heiser vom Gebrüll und atemlos. Die Luft ist raus!

Plötzlich stehen Nadine, Sara, Martina und Jörg vor uns. Jörg ist der Bruder von Martina. Er ist mal aus Neugier mitgekommen.

Bei dem Krach haben wir sie nicht kommen hören.

»Feinde darf unser Indianerstamm aber nicht haben!«, sagt Sara. »Euch hört man ja kilometerweit!«

»Ich kann nicht mehr!« Anna wirft sich lang auf die Wiese.

Unser Blick fällt auf die zusammengerollten

Zelte und das Gepäck. Wir müssen endlich aufbauen!

Mit vereinten Kräften haben wir es in weniger als einer halben Stunde geschafft.

Martina hat noch eine Überraschung für uns: ein Fresspaket fürs Abendbrot mit alter Wurst, Brot, Käse und zum Nachtisch eine Tafel Schokolade.

Nicole ist begeistert. »Du bist ein Schatz!«

Anna sagt: »Morgen Mittag sollten wir aber mal richtig indianisch kochen. Wir essen ja das Gleiche wie zu Hause!«

Da hat sie Recht. Aber bei dem ganzen Durcheinander kriegt man eben nicht alles auf die Reihe.

»Jetzt sind alle da. Da können wir endlich den Häuptling unseres Stammes wählen!« Damit fängt Roberto wieder an und wird auch gleich von Björn unterstützt.

»Meinetwegen.« Ich bin einverstanden und die anderen auch.

Auf das Feuer werfen wir ein paar Holzstücke, dass es wieder richtig brennt und hocken uns dann im Kreis rundum.

»Wie machen wir das?«, meint Roberto. »Geheime Wahl auf Zetteln oder so?«

»Nee!« Anna schüttelt den Kopf. »Ein Name wird vorgeschlagen und dann muss die Wahl einstimmig sein, sonst ...«

»Einstimmig ...?« Roberto zeigt ihr einen Vogel. »Dann einigen wir uns ja nie. Überall reicht eine Mehrheit ...«

»Aber bei Indianern eben nicht!«, belehrt ihn Anna.

Murrend gibt Roberto nach. »Na los, den ersten Vorschlag!«, sagt er.

Nicole zeigt auf mich. »Ich bin für Dakota!«

Alle reißen den Arm hoch, außer Roberto.

Anna schaut ihn strafend an, sagt aber nichts.

Björn ruft »Roberto!« Aber er bekommt nur drei Stimmen.

Das Karussell geht weiter. Björn meckert: »Das klappt doch nie und nimmer!«

Ich schlage Anna vor. Das sitzt! Nach und nach heben alle ihre Arme. Anna nimmt die Wahl an. Ich umarme sie und auch Nicole, Andrea und Nadine feiern sie wie eine große Siegerin.

Roberto knurrt nur: »Weiberwirtschaft!« Und Björn meint: »Ein Mädchen mit Häuptlingsfederhaube, wie sieht'n das aus!«

»Erstens haben wir so'n Ding überhaupt nicht«, sagt Anna. »Und zweitens glaube ich nicht, dass so ein Häuptling den ganzen Tag mit so einer Riesenhaube rumgelaufen ist. Viel zu unpraktisch! Wahrscheinlich hat er sie nur zu Versammlungen und Festen aufgesetzt …«

Björn ist davon nicht überzeugt. »Ihr wisst ja immer alles besser, nur weil ihr ein paar Indianerbücher gelesen habt. Ich habe mindestens zehnmal so viele Western gesehen!«

Wir haben keine Lust uns rumzustreiten. Nicole wirft noch etwas Holz aufs Feuer. Nadine, Sara, Martina und Jörg nehmen ihre Fahrräder und machen sich auf den Heimweg.

Wir nennen sie unsere »Tagesindianer«, weil sie nicht mit uns übernachten.

Der Abend wird richtig gemütlich. Wir erzählen und lachen, bis wir müde in die Schlafsäcke kriechen.

MITTWOCH:
GUTE MEDIZIN UND BANNOCK

Ist schon komisch. Wenn ich morgens aus dem Tipi krieche und zum Himmel gucke, frage ich mich: Wie wird wohl das Wetter heute? Im Augenblick sind keine Regenwolken in Sicht. Aber die meiste Zeit blickt man doch nicht durch.

Wenn wir zu Hause wissen wollen, wie das Wetter wird, schalten wir das Radio an oder das Fernsehen. Oder wir lassen uns per Telefon den Wetterbericht durchgeben. Indianer mussten das Wetter aus der Natur ablesen. Wolken und Wind haben sicher die größte Rolle gespielt, aber bestimmt auch die Stimmen der Tiere. Oder die Blumen öffnen erst gar nicht die Blüten, wenn es Regen oder Sturm gibt. Das hat mir mal meine Mutter gesagt und auch im Garten gezeigt.

Ich wette, dass man sogar die Luft kauen

kann und schmecken, wie das Wetter wird. Wenn mich auch alle für verrückt halten, das glaube ich!

Naja, heute am Mittwoch morgen ist alles ziemlich einfach. Es hat seit fast einer Woche nicht geregnet und der Himmel sieht aus wie auf den Urlaubspostkarten aus Italien.

Ich bin morgens die Erste, weil die Ponys Wasser brauchen, und Mathilda hält es im Tipi auch nicht mehr aus. Ich drehe den Hahn vom Wasserfass auf, schütte mir ein paar Hände voll Wasser ins Gesicht. Dann fülle ich die Pferdeeimer und bringe sie hinter den Unterstand. Pünktchen und Anton benehmen sich bisher unheimlich gut. Eigentlich sind sie ziemliche Schlitzohren und immer für einen Gag zu haben. Aber solange sie noch etwas Gras an den Rändern der Weide finden, sind sie einigermaßen zufrieden.

Als ich die Augen schweifen lasse, sehe ich, dass nicht mehr viel Futter da ist. Ich muss irgendwas unternehmen.

Auf dem Weg zurück zum Tipi habe ich einen schalen Geschmack im Mund. Zähneputzen wär mal ganz gut! Eine Zahnbürste habe ich natürlich vergessen. Da fällt mir etwas ein, was ich schon immer mal ausprobieren wollte.

Am Rand der Weide ragen einige Eichenzweige herüber. Dahin gehe ich und breche ein dünnes Ästchen ab. Es muss ungefähr die Länge einer Zahnbürste haben. Dann wird mit den Zähnen die Rinde abgeschält und ein Ende so zerkaut, dass es ganz faserig ist. Damit kann man die Zähne putzen! Gut, was?

Anna kriecht aus dem Tipi und guckt verwundert. »Das ist eine Naturzahnbürste!«, erkläre ich lachend.

Später haben sich alle auf diese Weise die Zähne geputzt.

»Wir werden noch richtige Naturmenschen!«, grinst Roberto und hält den Kopf unter den Wasserhahn.

Plötzlich hören wir Motorengeräusch. Ein Auto kommt den Feldweg zum Wald hoch und zieht eine helle Staubwolke hinter sich her. Ich kneife die Augen zusammen. Es ist der Kombi von meinen Eltern. Ich gehe langsam zum Tor.

Der Wagen hält an. Meine Mutter sitzt am Steuer und Nadine ist auch dabei. Mutter ruft schon beim Aussteigen: »Wir haben Frühstück mitgebracht!«

Nadine trägt zwei Kannen frischer Milch und Mutter eine große Tüte Brötchen. Ein Glas Honig und Marmelade haben sie auch mit.

»Na, alles in Ordnung bei euch?«, fragt Mutter und krault Mathilda, die um sie herumspringt. Ehe ich antworten kann, begrüßt sie schon Anna und Nicole, guckt sich unser Tipi an und hält Ausschau nach Pünktchen und Anton. Wenn ich so meine Mutter beobachte, merke ich, dass ich sie sehr gern habe. Sie ist oft lustig und macht keine großen Worte. Das gefällt mir.

Dann sitzen wir wieder im Kreis und frühstücken.

»Ehe ich es vergesse«, meint Mutter zwischen zwei Bissen Honigbrötchen, »ich habe vier Ballen Heu mitgebracht. Viel Futter steht hier ja nicht mehr.«

»Mutti, du bist ein Schatz!«

Anna sagt: »Wir müssen das irgendwie mit dem Einkaufen regeln. Nicole, du wolltest heute Mittag Essen machen …«

Nicole fragt meine Mutter, ob sie mit zurück ins Dorf fahren kann. »Ich komme dann mit dem Fahrrad wieder her und bringe alles mit!«

»Und Geld?«, fragt Andrea.

»Ist nicht teuer. Ich schreibe erst mal alles auf. Ende der Woche muss dann jeder bezahlen!« Der Vorschlag von Nicole wird angenommen.

»Ich will los!« Meine Mutter steht auf. »Lasst uns noch die Heuballen aus dem Auto nehmen«, sagt sie zu mir.

Wir stapeln die Ballen zu einem kleinen Haufen.

»Am besten lasse ich sie hier außerhalb der Weide«, überlege ich laut. »Sonst klauen mir Pünktchen und Anton das Heu!«

Hinten im Kofferraum liegt noch ein leerer Futtersack. Damit decke ich das Heu ab und lege einen Stein als Befestigung drauf.

»Tschüs!«, ruft Mutter und das Auto verschwindet langsam in Richtung Dorf.

Unterdessen sind Roberto und Björn zu dem kleinen Bach gegangen, wo etliche Weidenbüsche stehen. Sie wollen sich Pfeile und Bogen schnitzen.

Nadine hat von zu Hause ein paar Pinsel und Farben mitgebracht. Andrea und sie bemalen unser Tipi. Ich schaue mit Mathilda noch mal nach den beiden Ponys. Sie weiden am hintersten Teil der Wiese und fressen die letzten Grashalme am Zaun entlang.

Anna hat sich einen Eimer geholt. Sie zieht sich nackt aus. »Schütt mir mal ein, zwei Ladungen Wasser über den Kopf!«, sagt sie zu mir. »Ich muss mal duschen. An mir klebt alles!«

Anna kneift die Augen zu und schon schwappt ihr eine Portion ins Gesicht. Sie prustet und schüttelt sich.

»Schön kalt!«

Andrea und Nicole kommen auch dazu.

»Passt gut, dass die Jungen nicht da sind!« Und schon haben sie sich ausgezogen. Ich komme mit dem Nachfüllen kaum hinterher. Sie können nicht genug kriegen. Schließlich tun mir die Arme weh und ich weigere mich weiterzumachen.

»Jetzt bin ich dran!«, sage ich und streife T-Shirt und Hose ab. Es ist wirklich eine Wohltat, wenn das kühle Wasser an den Körper klatscht. Wir schütteln uns wie die Pudel und laufen zum Tipi, um uns abzutrocknen.

Ein paar Minuten später kommen Björn und Roberto zurück. Nicole muss kichern. Björn hält sich die Hand. Roberto fragt: »Haben wir Heftpflaster dabei? Björn hat sich mit dem Messer in den Finger geschnitten!«

Andrea sagt: »Zeig mal her!« Sie schaut sich die Wunde an. »Saug mit dem Mund das Blut ab! Ich hol dir was!«

Andrea läuft zum Feldweg. Mit den Augen sucht sie den Grasstreifen ab.

Roberto weiß nicht, was das soll. »Was macht sie denn?«

»Keine Ahnung«, sage ich.

Nach kurzer Zeit kommt Andrea zurück. Sie hat einige grüne Blätter in den Händen.

Björn presst noch seinen Mund auf den Finger. Er schielt misstrauisch zu Andrea.

Die steckt zwei Blätter in den Mund und kaut geräuschvoll darauf herum. »Das gibt ein grünes Pflaster!«, grummelt sie mit vollem Mund.

Björn fährt herum. »Mach keinen Scheiß! Das tut richtig weh. Nachher gibt's noch 'ne Blutvergiftung!«

Andrea fackelt nicht lange, nimmt seine Hand und schmiert den Brei aus Blatt und Spucke auf die Wunde.

Björn guckt fassungslos auf seinen Finger.

»Das ist Spitzwegerich, ein tolles Heilkraut. Da ist so was Ähnliches wie Antibiotika drin!«, beruhigt sie ihn. »Das heilt sagenhaft. Du wirst sehen!«

»Woher weißt du so was?« Anna ist baff.

Andrea grinst. »Berufsgeheimnis!«

»Spitzwegerich ... nie gehört«, sagt Anna.

»Der steht doch überall an Wegrändern und Wiesen rum«, meint Andrea. »Klar kennt ihr Spitz- und Breitwegerich, den gibt's wirklich massenhaft. Die Blätter vom Breitwegerich kann man sich übrigens in die Schuhe legen, das hilft gegen müde Füße und Blasen!«

Wir sind alle beeindruckt. Anna sagt: »Du bist ja 'ne richtige Kräuterhexe. Ich schlage vor, du wirst unsere Medizinfrau!«

»Wer dagegen?«, frage ich.

»Wir sollten erst mal abwarten, ob das hier hilft!« Björn zeigt auf seinen verletzten Finger.

»Garantiert!« Da ist sich Andrea ganz sicher.

Roberto schüttelt den Kopf. »Ich hab ja nichts dagegen. Aber ihr krempelt wirklich alles um. Bei den Indianern heißt es doch Medizin*mann*, oder?«

»Na und?« Ich zeige ihm einen Vogel. »Willst du das machen, auch wenn du keinen blassen Schimmer hast, nur weil es Medizin*mann* heißt?«

»Regt euch doch nicht auf!«, mischt sich Anna ein. »Bei vielen Stämmen waren wirklich Frauen die Medizinleute, das hab ich in dem schlauen Buch gelesen.«

»Du immer mit deinem Buch!« Roberto regt sich auf. »Ich denke, das meiste stimmt nicht, was in Filmen gezeigt wird und in den Büchern steht. Habt ihr doch selbst gesagt!«

»Das Buch, das ich meine, ist aber von einem Indianer geschrieben!«, widerspricht Anna.

Der Streit wird unterbrochen, weil Nicole auftaucht.

»He, werft das Feuer an! Ich will Essen kochen!«

Nicole setzt den Korb mit Lebensmitteln ab. »Wer hilft mir?«

Nicole guckt in die Runde. Roberto will mitmachen. Anna und ich schichten Holzstückchen übereinander, knüllen ein Stück Papier zusammen und stecken es an. Schon lodert eine Flamme. Jetzt werden etwas dickere Äste dagegen gelehnt und es brennt das schönste Feuer.

»Was gibt's noch mal?«, fragt Björn.

»Bannock!« Nicole holt eine Schüssel und die Pfanne.

»Schön und gut.« Björn guckt hilflos. »Aber was ist das?«

Das weiß niemand – außer Nicole.

»Ganz einfach. Wir mischen einen wunderbaren Teig, machen daraus Fladen und backen sie auf der Pfanne goldgelb. Zufrieden?«, lacht Nicole.

»Hauptsache, es schmeckt!«, meint Björn.

Die beiden Köche machen sich an die Arbeit. Wir holen schon mal Teller und Sprudel. »Der Kasten ist jetzt leer!« Anna hält die letzten beiden Flaschen hoch.

»Ich fahre nachher ins Dorf und hole Nachschub!«, verspricht Björn.

Dann sind die ersten Fladen fertig. Sie schmecken lecker.

»Wo bleiben denn heute die Tagesindianer?«, fragt Anna Nicole.

»Keine Ahnung!«

Auch Nadine weiß nichts Genaues.

Nach dem Essen lassen wir es langsam angehen. Die paar Teller, die Pfanne und die Schüssel sind schnell abgewaschen. Anna legt sich in den Schatten und liest in einem Indianerbuch. Roberto grinst: »Frau Häuptling muss sich weiterbilden!« Er hockt sich mit Björn hinters Zelt und bastelt an Pfeilen und Bögen herum. Andrea und Nadine malen weiter am Tipi, Nicole schreibt irgendwas in ihr Notizbuch und ich bringe den beiden Pferden eine Ration Heu und frisches Wasser. Auch Mathilda bekommt noch eine Portion Futter.

So vertrödeln wir ganz gemütlich den Rest des Tages.

DONNERSTAG: SCHWITZEN IN DER INDIANER-SAUNA

Es hat etwas abgekühlt. Kleine Wolken, die aussehen wie Wattebäusche, segeln am Himmel dahin. Wenn sie die Sonne abdecken, krabbelt etwas Gänsehaut die nackten Arme hoch.

Nach dem Frühstück wird beraten. Sollen wir heute ein tolles Geländespiel machen? Dazu müssten wir erst mal den Wald ringsum erkunden und den geeigneten Platz finden.

Roberto und Björn sind für einen Wettbewerb mit Pfeil und Bogen. Und Anna hat noch etwas Besonders in ihrem Indianerbuch gefunden.

»Was haltet ihr davon, wenn wir uns eine indianische Schwitzhütte bauen?«

Björn sagt: »Ich bin froh, dass es heute mal nicht so heiß ist!« Alle lachen.

»Im Ernst«, fängt Anna wieder an, »das ist so was wie eine Sauna!« Sie kramt das Buch hervor und zeigt uns eine Zeichnung. So nach und nach finden wir Gefallen an der Idee. Wir brauchen Weidenstöcke, Schnüre, ein paar Decken, Feuer und Wasser. Alles da.

»Dann machen wir das Geländespiel aber morgen!« Nadine hat sich schon darauf gefreut. Wir versprechen es ihr.

Jetzt werden die Aufgaben verteilt: Nicole fährt zum Einkaufen ins Dorf. Und wir anderen suchen das Material für die Schwitzhütte zusammen, damit wir nach dem Essen mit dem Aufbau beginnen können.

Hinter dem Unterstand habe ich eine Rolle mit Elektroband gefunden. Damit trennen wir die Weide so ab, dass uns Pünktchen und Anton nicht ins Gehege kommen. Seit nämlich das Frischfutter knapp ist, schleichen sie immer wieder um unsere Zelte herum. Das hat auch noch den Nachteil, dass sie Bremsen und Stechmücken mitbringen.

Aus dem Wald holen wir einen ordentlichen Holzvorrat.

Dann hören wir Fahrradklingeln, laute Stimmen und Lachen.

Nicole kommt zurück und hat Martina, Sara und Jörg mitgebracht. Die Gepäckträger sind schwer beladen. Eine Holzkiste mit Gemüse wird herangeschleppt. Und Körbe mit Lebensmitteln, Getränken und Obst.

»Heute steht Succotash auf dem Speiseplan!«, brüllt Nicole. Sie hat einen großen Kochtopf dabei. Die Holzkiste wird ausgeräumt und dient als kleiner Tisch. Bretter und Messer holt Sara. Speck, Paprikaschoten und Zwiebeln werden klein geschnitten.

Anna und ich bringen wieder mal das Feuer in Gang. Nicole öffnet Dosen mit Mais und weißen Bohnen.

Wir schauen ihr über die Schulter. Zuerst kommt der Speck in den Topf. Er wird leicht angebraten. Dann schüttet sie die Zwiebeln und Paprikastücke dazu.

»Diesmal habe ich mir auch einen richtigen Kochlöffel mitgebracht!« Nicole rührt um und schüttet die Bohnen und den Mais in den Topf. Sie erklärt uns: »Jetzt muss das Ganze schön heiß werden, dann kommt noch etwas Butter dazu und Salz und Pfeffer, fertig!«

Das Essen schmeckt echt gut! Wir loben Nicole und sie freut sich darüber.

Heute wird nach dem Essen nicht gefaulenzt. Wir wollen die Schwitzhütte bauen. Wer weiß, wie lange das dauert!

Anna legt das Buch mit der Zeichnung auf den Boden und wir schauen uns alles genau an. »Am besten binden wir erst mal die Weidenstöcke an den Spitzen zusammen. Immer zwei Stück!«, schlägt Nicole vor. Gut, dass ich so viele Strohseile mitgenommen habe. Nach kurzer Zeit haben wir acht lange Äste für das Gerüst.

»So«, Anna guckt auf die Zeichnung, »jetzt müssen wir die Dinger zu einem Kuppelzelt zusammenstellen und biegen!« Alle fassen an und halten die Stangen so lange fest, bis ich sie auch untereinander mit Seilen verbunden habe.

Hinter dem Unterstand lehnt eine Schaufel an der Bretterwand. Die können wir jetzt gebrauchen. Denn in der Mitte der Hütte muss eine kleine Grube gegraben werden. Das ist der Platz, wo später die heißen Feldsteine mit Wasser übergossen werden, die uns so zum Schwitzen bringen sollen.

Obwohl alle mitgeholfen haben, ist die Zeit wie im Fluge vergangen. Wir beschließen, erst noch etwas zu essen. Aber dann soll es losgehen!

In der Zwischenzeit wird das Feuer richtig angeheizt. Die Funken sprühen. Aber wir brauchen eine starke Glut, damit die Steine auch heiß werden.

»In die Sauna geht man aber nackt!«, grinst Roberto.

»Na klar!«, sagt Anna. »Wo ist das Problem?«

»Nee!« Björn protestiert. »Das mache ich nicht!«

»Dann zieh doch die Badehose an oder halt dir ein Handtuch vor!«, lacht Andrea. »Es wird dir schon niemand etwas weggucken!«

»Ich find's aber auch doof!« Sara nimmt Partei für Björn. »Außerdem würde ich darin Platzangst bekommen!«

»Wir müssen sowieso bald nach Hause!« Martina hat auch keine große Lust.

»Ist doch kein Zwang!« Ich verstehe die Aufregung nicht. »Wer mitmacht ist dabei, die anderen bleiben halt draußen. So einfach ist das!«

Anna fügt hinzu: »Außerdem ist es doch in der Hütte stockdunkel!«

Nicole schubst einige dicke Steine in die Glut. Ich hole einen Eimer Wasser und stelle ihn an den Eingang der Hütte. Andrea legt einige Wolldecken über das Gerüst aus Weidenstöcken. Den Eingang lassen wir noch offen.

Bevor es losgeht, verabschieden sich unsere

»Tagesindianer« und fahren mit dem Rad davon.

Vielleicht ist es ganz gut, dass nicht alle mitmachen wollen. Es würde wahrscheinlich viel zu eng in der Schwitzhütte. So sind wir immer noch sechs Leute: Anna, Andrea, Nicole, Roberto, Björn und ich.

Nach einer Weile holen wir vorsichtig die Steine mit der Schaufel aus dem Feuer und tragen sie in die vorbereitete Grube in der Hütte.

Jetzt geht alles blitzschnell. Ich schütte eine Ladung Wasser über die Steine. Wir ziehen uns aus, schlüpfen in die Hütte und verschließen mit der letzten Wolldecke den Eingang.

Es ist duster, und zischend steigt heißer Wasserdampf hoch. Nicole hat eine Hand voll Pfefferminzblätter von ihren Vorräten geholt und wirft sie auf die Steine. Jetzt duftet es noch herrlich nach Pfefferminz.

Nach kurzer Zeit ist es zu heiß und Anna lässt etwas Luft herein, indem sie die eine Wolldecke ein Stückchen hochhebt.

Dann haben sich unsere Körper an die Hitze gewöhnt. Niemand hustet mehr und die Schweißbächlein beginnen zu fließen.

Zunächst ist Stille.

Roberto redet zuerst. »Puh, schön warm! Warum haben die Indianer sich so'ne Sauna gebaut? Damit sie gesund blieben?«

»Für sie hatte das eine besondere Bedeutung!«, sage ich. »Ganz wichtig vor größeren Unternehmungen wie Jagd oder Krieg. In der Schwitzhütte fühlten sie sich allen Lebewesen sehr nahe. Es ist irgendwie gut für die Gedanken und so!«

»Kann ich nicht feststellen!«, meint Björn. »Im Gegenteil, mir ist es zu heiß, ich gehe mal raus!« Er drückt sich hinter unseren Rücken vorbei und kriecht aus der Hütte.

»Ich finde es ganz gemütlich!«, sagt Anna zufrieden.

Dann hängen wir eine Zeit lang unseren Gedanken nach. Mir läuft der Schweiß über die Nase und tropft nach und nach herunter.

Das juckt und ich fahre mir mit der Hand über den Nasenrücken.

Die Hitze lässt nach und ich schütte noch einen Schwapp Wasser über die Steine. Eine Dampffontäne quillt hoch und verschlägt uns den Atem. Nicole hat auch genug und verlässt die Hütte.

Schließlich reicht es uns auch und wir schlagen die Decken zurück. Wir laufen zum Wasserwagen und schütten uns gegenseitig Eimer mit kaltem Wasser über den Kopf. Alle schreien und jauchzen. Dann trocknen wir uns ab und ziehen neue Klamotten an. Die feuchten Wolldecken hängen wir über den Zaun, das Gestell der Schwitzhütte wird zur Seite gerückt und die Steine mit der Schaufel wieder ans Feuer gebracht. Mit etwas Erde füllen wir auch die kleine Grube wieder voll.

Zum Abschluss hocken wir im Unterstand. »Mensch, hab ich jetzt einen Brand!« Nicole nimmt einen langen Schluck aus der Sprudelflasche und lässt sie reihum gehen.

Anna sagt: »Das in der Schwitzhütte war so was wie eine indianische Taufe. Jetzt brauchen wir alle noch richtige Indianernamen!«

Ich finde, Indianer haben mit ihren Namen echt was drauf. Was sagt schon ein Name wie Anna oder Nicole oder Roberto oder Jörg aus? Wenn wir ehrlich sind: gar nichts. In irgendwelchen Namensbüchern steht, wo sie ursprünglich herkommen. Außerdem heißen tausende genauso. Mit etwas Glück haben die Eltern einen Namen ausgesucht, der ziemlich selten ist oder wenigstens schön klingt. Mein Name ist so ein Beispiel. Zoe heißt nicht jede. Ich bin verdammt froh, dass ich nicht Lisa oder Pamela oder sonst wie heiße.

Indianernamen beschreiben bestimmte Fähigkeiten, die ein Mensch hat. Oder Vorlieben. Oder Ereignisse, an denen er oder sie beteiligt waren. Manchmal gibt es so was auch bei uns. Wir geben anderen dann sogenannte »Spitznamen«. Die beziehen sich meist aufs Aussehen oder bestimmte Gewohnheiten. So heißt ein

Junge in unserer Nachbarschaft »Socke«, weil der immer Socken trägt und Sandalen, auch wenn er sonst nur eine Badehose anhat. Kurz bevor er ins Wasser springt, zieht er sie erst aus!

Die Marlen aus unserer Klasse heißt nur »Baby«, weil sie ewig auf kleines Kind macht und auch so redet. Oft sind solche Spitznamen eher Schimpfnamen. So haben viele einen Jungen mit roten Haaren immer »Feuermelder« gerufen. Das finde ich saudoof. Man muss mit seinem besonderen Namen einverstanden sein. Das sage ich auch. Und die anderen sehen das auch so.

»Fangen wir gleich mit dir an!«, meint Anna zu mir. »In der Schule bist du immer ganz schön schnell mit deiner Meinung. Ich schlage vor: ›Dakota Schnelle Zunge‹!«

»Das ist ja ein Doppelname!«, sagt Roberto.

»Warum nicht!«, meint Nicole. »Wenn sie damit einverstanden ist!«

Das bin ich, denn ein bisschen vorlaut bin ich wirklich. Ich finde das auch nicht schlimm.

Für Andrea ist auch schnell ein Name gefunden. »Gute Medizin« wird vorgeschlagen. Als Nicole dran ist, ruft Björn, noch in Gedanken beim vorigen Namen: »Schmeckt gut«. Alle grölen vor Lachen.

»Du hast also schon an ihr genascht?« Roberto haut sich mit der Hand aufs Knie. Björn wird rot, obwohl er schon etwas Sonnenbrand hat. Als wir sein glühendes Gesicht sehen, sagt Anna: »Du könntest ›Rote Sonne‹ heißen!« Alle rufen und klatschen Beifall, sodass es bei Björn keine Widerrede gibt.

Björn grinst etwas unglücklich. »Du müsstest eigentlich ›Miese Ratte‹ heißen!«, sagt er zu Roberto.

»Oder ›Bellender Hund‹, große Sprüche und nicht viel dahinter!«, fügt Nicole hinzu.

»Nichts Fieses!«, schimpft Anna.

Aus Dankbarkeit bietet Roberto Anna den Namen »Lachende Feder« an. »Sie ist Häuptling, deshalb die Feder. Und eigentlich immer lustig!«, begründet er seine Wahl.

»Nicht schlecht.« Ich wiederhole noch mal alle ausgewählten Namen. Für Roberto und Nicole fällt uns im Augenblick nichts Passendes ein. Sie bekommen noch Aufschub!

Anna hat aber noch einen Namen auf Lager. Für Mathilda! »Weil sie ein Vielfraß ist und immer etwas abstauben will, nenne ich sie ›Mathilda Großer Magen‹!« Mathilda hebt kurz den Kopf, als sie ihren Namen hört und legt sich wieder hin. Ihr ist offensichtlich ziemlich egal, welchen neuen Namen sie bekommt!

FREITAG: DER TAG DER GESCHICHTEN

Schon in der Nacht hat es geregnet. Ich bin kurz wach geworden. Zögernd, aber doch gleichmäßig perlten die Regentropfen auf unser Tipi. Das ist ein schönes Geräusch. Es hat mich gleich wieder eingeschläfert.

Am Morgen ist es dann doch etwas ungemütlich. Die Klamotten sind feucht und klamm. Und beim Anziehen huscht eine leichte Gänsehaut über Arme und Rücken.

Der Regen hat aufgehört. Ich versorge erst mal die Tiere. Die beiden Ponys finden die Erfrischung prima.

Zum Frühstück versammeln wir uns im Unterstand, weil ein leichter Nieselregen beginnt.

Der Himmel ist verhangen. Graue Wolkenberge überfliegen uns im Eiltempo. Kein Tag für das geplante Geländespiel oder ähnliche Unternehmungen.

Rote Sonne hat als Einziger eine Regenjacke dabei und übernimmt die Fahrt ins Dorf.

»Heute bleiben Küche und Feuer kalt!«, verkündet Nicole mit kritischem Blick zum Himmel. Der gibt gleich eine Antwort. Aus dem Sprühregen wird ein richtiger Schauer. Die dicken Tropfen prasseln auf das Dach des Unterstandes.

Wir hocken dicht aneinander gedrängt an der Bretterwand. Wir frösteln.

»Scheißwetter!«, macht sich Roberto Luft.

Als ließe sich das Wetter davon einschüchtern: Der Regen lässt nach und hört plötzlich ganz auf. Sogar die Sonne blinkt ein paar Mal durch die Wolken. Wir nutzen die Pause und holen uns die Küchenkiste in den Unterstand.

Nicole hat einen Einfall. »Wisst ihr was? Ich hole mir die Iso-Matte und den Schlafsack hierher. Ich habe keine Lust zu frieren!«

»Na ja, ein Feuerchen können wir hier drin nicht machen!«, überlegt Roberto.

»Untersteh dich!«, rufe ich entsetzt.

»War doch nicht ernst gemeint!«, grinst Roberto.

Wir folgen alle Nicoles Beispiel und holen unsere Sachen in den Unterstand. Es sieht schon gleich etwas gemütlicher aus.

Auch Rote Sonne hat die Regenpause genutzt und kommt aus dem Dorf zurück. »Na, seid ihr umgezogen?«, fragt er. »Oder ist Hochwasser in den Zelten?«

»Noch nicht!«, knurrt Roberto. »Aber vielleicht demnächst!« Er zeigt nach draußen, wo es unvermittelt wieder heftig zu regnen beginnt. In immer schnellerem Rhythmus trommelt es auf das Dach. Nach wenigen Minuten bildet sich zwischen den Zelten und dem Unterstand ein kleiner See. Wir sitzen in dem Schuppen wie auf einer Insel.

Wir schmieren uns Brote. Rote Sonne hat eine Thermoskanne mit Pfefferminztee mitgebracht. Das wärmt. Und wir kuscheln uns in unsere Schlafsäcke.

Aus dem Wolkenbruch wird jetzt Dauerregen.

Ich linse durch eine Ritze auf die Weide. Pünktchen und Anton stehen klitschnass unter der großen Buche am Ende der Wiese und knabbern die letzten Grashalme. Draußen rauscht der Regen und in der Hütte ist es etwas duster, obwohl es doch heller Tag sein müsste.

Rote Sonne packt eine Tüte Popcorn aus.

»Oh, Popcorn!«, jubelt Nicole. »Esse ich für mein Leben gern. Eigentlich wollte ich heute Popcorn frisch machen. Ist nämlich auch indianisch!«

»Das ist eigentlich ein Tag zum Geschichten erzählen!«, werfe ich ein.

»Weißt du welche?« Roberto nimmt eine Hand voll Popcorn, Nicole natürlich auch.

»Langsam!«, meckert Rote Sonne. »Vielleicht wollen die anderen auch noch was!«

»Sie frisst wie eine Heuschrecke!« Roberto schüttelt den Kopf.

Nicole kichert. »Bei Popcorn kann ich mich eben nicht beherrschen!«

»Popcorn!« Die Augen von Rote Sonne leuchten. »Das ist der richtige Name für Nicole. Sie hat doch noch keinen!«

Wir finden das lustig und Nicole stört es nicht. »Dafür bekomme ich aber noch eine Hand voll!«, sagt sie.

Nun fehlt uns nur noch ein Name für Roberto. Er meint: »Ich bin eben der einzige Indianer, der Roberto heißt!«

»Du bekommst auch noch einen Namen verpasst, warte nur ab!«, droht Lachende Feder.

Wir blödeln noch etwas herum. Lachende Feder meint: »Viele Leute denken, dass Indianer keinen Spaß verstehen ...«

»Auf Fotos gucken sie ziemlich grimmig und verziehen keine Miene!«, unterbricht Rote Sonne.

»Na gut«, sage ich, »da müsst ihr mal meinen Vater auf Fotos sehen. Da guckt er immer bitterböse, obwohl er sonst ewig lacht. Der lässt sich eben nicht gern fotografieren!«

»Vielleicht sind die Indianer auch abergläubisch wie manche Völker in Afrika!«, meint Rote Sonne.

»Wahrscheinlich finden sie fotografieren einfach blöd!« Das ist für Roberto die einfachste Erklärung.

»Jedenfalls lachen Indianer ziemlich oft. Das habe ich gelesen. Und sie erzählen gern lustige Geschichten!« Lachende Feder schnappt sich den Rest Popcorn.

»Zum Beispiel?« Roberto schaut Lachende Feder an.

Sie überlegt einen Moment. »Vielleicht die Geschichte von der Schildkröte und dem Frosch«, murmelt sie. »Also: Eine Schildkröte und ihr Freund, ein Frosch, sonnen sich auf einem Felsbrocken am See. Aber plötzlich fängt es an zu regnen.

›Ach, du lieber Himmel!‹, ruft die Schildkröte erschrocken. ›Jetzt werden wir auch noch nass!‹

›Huh!‹, quakt der Frosch und schüttelt sich angewidert. ›Komm, lass uns verschwinden, ehe es noch doller wird!‹

Und schnell springen beide in den See, dass das Wasser hochspritzt.«

Einen Augenblick sagt niemand etwas. Roberto, das Lästermaul, verdreht die Augen. »Witzig ist was anderes, was worüber man richtig lachen kann!«

»Komisch ist die Geschichte schon«, meint Popcorn. »Wir lachen doch meist auf Kosten der anderen. Ich glaube, diese Schadenfreude gibt es bei den Indianern nicht.«

Popcorn lässt sich das Indianerbuch von Lachende Feder rüberreichen. »Ich habe hier drin eine Geschichte gelesen, die fand ich ganz gut.« Sie blättert und sucht. »Soll ich sie vorlesen?«

»Logisch!«, brummt Rote Sonne. »Was sollen wir'n sonst machen!«

Popcorn hat die Stelle gefunden. Sie beginnt: »Eine Gruppe des Stammes hatte ihr Herbstlager aufgeschlagen. Eines Tages kamen einige

Männer angeritten. Sie wollten die Indianer überreden ihr Land zu verkaufen. Man setzte sich zusammen und diskutierte.

Die Weißen legten einen Haufen Dollarscheine vor sich auf die Erde und sagten: ›Was ihr hier seht, sind die Büffelfelle des weißen Mannes. Wir nennen es Geld. Dafür bekommt man alles Mögliche zu kaufen. Es hat einen großen Wert!‹

Der Häuptling nahm einen Schein in die Hand und betrachtete ihn genau. Dann ließ er sich etwas Lehm geben und formte einen Ball. Diese Kugel warf er ins Feuer und sagte zu den Weißen: ›Werft auch eine Hand voll von eurem Geld ins Feuer. Dann werden wir sehen, was Bestand hat. Daran können wir den Wert erkennen!‹

Der Führer der Weißen schüttelte den Kopf. ›Unser Geld ist aus Papier. Es ist doch klar, dass es sofort verbrennt!‹

Der Häuptling verzog keine Miene und bat um einen Beutel mit Sand. Ein Indianer brachte ihn. Der Häuptling reichte ihn an den Weißen weiter.

›Dann machen wir es anders. Du zählst die Sandkörner und ich zähle euer Geld. Vielleicht können wir an der Menge den wahren Wert bestimmen!‹

Als der weiße Mann den Beutel öffnete und den Sand über die Hand rieseln ließ, sagte er: ›Das sind Millionen winziger Körner, da muss ein Mensch ein Leben lang zählen!‹

Der Häuptling sah die weißen Männer lange an und sprach: ›Den Wert von diesem Geld und den Wert von unserem Land kann man nicht vergleichen.

Im Gegensatz zu diesen Fetzen Papier lebt unser Land. Es ernährt Pflanzen, Tiere und Menschen. Wir können nicht das Leben verkaufen.

Das Land gehört niemandem. Weder die Sandkörner noch die Grashalme haben Preisschilder, wie ihr denkt. Die Erde ist unsere Mutter. Und seine Mutter verkauft man nicht!‹

Der Häuptling stand auf. ›Wir werden euch gerne Geschenke mitgeben. So viel, wie ihr tragen könnt. Aber unser Land könnt ihr nicht mitnehmen!‹«

Bei so einer Geschichte bekomme ich immer Gänsehaut. Ich weiß nicht, wie es den anderen geht. Aber sie sind auch etwas nachdenklich. Sogar Roberto hält den Mund.

Nach einer Weile meint Gute Medizin: »Wäre toll, wenn man das Land nicht kaufen und verkaufen könnte!«

»Geht doch heutzutage gar nicht mehr«, sagt Rote Sonne. »Dafür leben hier viel zu viel Menschen. Da kann man auf die Natur nicht so viel Rücksicht nehmen!«

»Dazu fällt mir auch noch eine Geschichte ein!« Ich beuge mich nach vorn. »Da war mal ein Indianerstamm, der in der Prärie weitergezogen war und sich in einer neuen Gegend niedergelassen hatte.

Bald merkten die Indianer, dass dort auch ein Rudel Wölfe lebte. Natürlich haben sie die

Tiere nicht verjagt oder gar getötet. Es war Platz für alle.

Trotzdem war für die Indianer klar, dass die Wölfe gleiche Rechte auf den Lebensraum hatten. Deshalb vertrat auf jeder Ratsversammlung ein Indianer die Wölfe. So hatten sie eine Stimme, die ihre Interessen wahrte und respektierte!«

»Das ist eine tolle Geschichte!« Lachende Feder ist begeistert. »So etwas wäre doch auch bei uns möglich!«

»Es gibt doch Naturschutz und Bürgerinitiativen und so«, wirft Rote Sonne ein.

»Du kapierst nicht«, meint Lachende Feder. »Bäume, Wiesen, Tiere, die ganze Natur müsste eigene Vertreterinnen überall haben, im Dorf, in der Stadt und im Bundestag. Wie in der Geschichte, die Dakota Schnelle Zunge gerade erzählt hat!«

»Es wird immer verrückter!« Roberto dreht sich auf die Seite und will ein Nickerchen machen.

Auch Gute Medizin hat sich schon in ihren Schlafsack verkrochen.

Wir anderen reden uns aber noch einige Zeit die Köpfe heiß. Rote Sonne sagt: »Wenn's nach euch geht, wird bei der nächsten Wahl die Natur noch Bundeskanzler!«

SONNABEND: DER GEBURTSTAG

Mathilda bellt wie verrückt und jagt aus dem Tipi. Klar, dass wir auf einen Schlag hellwach sind. Draußen grölt eine Stimme: »Happy Birthday, happy Birthday to you!«

Ich reibe mir die Augen. Lachende Feder fragt schlaftrunken: »Was is'n jetzt los?«

Popcorn murmelt: »Ich glaube, das ist Rote Sonne!« Also bleibt nur Roberto als Geburtstagskind übrig. Nach und nach schleppen wir uns aus dem Tipi. Rote Sonne und Roberto wursteln vor ihrem Zelt herum. Sie haben sogar schon das Frühstück vorbereitet. Wir gratulieren erst mal.

Das Wetter ist herrlich und ein strahlend blauer Himmel lässt den gestrigen Regentag vergessen. Ich füttere die Tiere und fülle die Wassereimer auf.

Roberto hat es nach dem Frühstück eilig. »Ich muss jetzt erst mal nach Hause, mich feiern lassen!«

»Und Geschenke einsacken!«, lacht Rote Sonne. »Kannst mein Fahrrad nehmen!«

»Danke«, ruft Roberto und schwingt sich auf den Drahtesel. Popcorn fährt auch mit ins Dorf. »Denkt an ein ordentliches Geburtstagsessen!«, brüllt Gute Medizin hinterher.

»Und was machen wir?« Lachende Feder ist unternehmungslustig.

»Wir könnten mal das Gelände erkunden für ein Spiel«, schlage ich vor. Lachende Feder nickt. Gute Medizin und Rote Sonne haben keine Lust.

»Wir nehmen die Pferde!« Lachende Feder und ich laufen zu Pünktchen und Anton. Mathilda ist natürlich auch dabei.

Wir schwingen uns auf die Ponys. Die beiden kann man ohne Sattel und Zaumzeug reiten. Sie hören auf unsere Stimmen. Festhalten können wir uns in den struppigen Mähnen.

Pünktchen und Anton finden die Abwechslung ganz gut. Sie trippeln eifrig mit uns durch den Wald. Mathilda jagt ausgelassen vorweg, kommt zurück, tobt um uns herum und stürmt wieder voran.

Nach ein paar Minuten haben wir schon unser Ziel erreicht. Es ist eine kleine Lichtung mit einem Hügel und etlichen riesigen Felsbrocken. Wir steigen ab. Die beiden Ponys finden gleich einige Grasbüschel und fressen.

Mathilda begleitet uns auf den Hügel. Wir gucken uns alles genau an und sind der Meinung, dass hier genau der richtige Platz für unser Geländespiel ist.

Auf dem Rückweg lassen wir uns viel Zeit und galoppieren ein paar Mal. Die Sonne klettert hoch über die Bäume. Es wird langsam warm.

Als wir auf unseren Lagerplatz zurückkehren, ist da schon einiges los. Der Rauch des Feuers kräuselt sich langsam empor. Drumherum sitzen Nadine, Jörg, Sara, Martina,

Paula, Karla, Jule und Milan. Popcorn, Rote Sonne und Roberto bereiten ein Mittagessen vor. Überall liegen Decken. Es sieht echt wie ein Indianerlager aus!

Wir bringen die Pferde hinter den Unterstand auf die Wiese. Die beiden knicken mit den Vorderbeinen ein und lassen sich erst mal auf die Erde sinken. Dann wälzen sie sich genüsslich mit grunzenden Lauten hin und her. Mathilda begrüßt die neuen Gäste und wir hocken uns zu den anderen ans Feuer.

»Was ist denn das Geburtstagsessen?«, fragt Lachende Feder.

»Pfannkuchen mit Sonnenblumenkernen!« Stolz verteilt Roberto die ersten Fladen. Wir berichten von unserer Erkundung. Nach dem Essen soll das Geländespiel starten.

»Für später haben wir hier auch noch etwas vorbereitet!«, sagt Popcorn geheimnisvoll.

Eine Stunde später gehen wir los. Popcorn und Sara bleiben im Lager. Auch Mathilda darf nicht mit. Schwatzend und lachend marschieren wir durch den Wald. Unter dem Blätterdach hält sich die Hitze in Grenzen. Ab und zu streichelt sogar ein leichter Windhauch unsere Gesichter.

Dann sind wir da. Lachende Feder erklärt das Spiel. »Wir sind genau zwölf Leute!«, sagt sie. »Sechs verteidigen diesen Schatz!« Sie holt zwei große Tüten Süßigkeiten aus ihrer Tasche. »Und die anderen versuchen ihn zu erobern. Kommt mit!«

Wir klettern den Hügel hinauf. Lachende Feder legt die beiden Tüten auf einen Baumstumpf. Dann geht sie von dort ungefähr fünfzehn Schritte. »Das ist der Kreis rund um den Schatz. Auf dieser Linie verstecken sich die Verteidiger. Wenn die Angreifer die Grenze durchbrochen haben, sind sie die Gewinner, klar?«

»Wartet mal!«, ruft Roberto und schubst Rote Sonne an. »Komm mit!«

Beide laufen hinunter zum Waldweg und kommen kurze Zeit später mit Händen voll

Sägespänen zurück. »Da haben sie einen Baum gefällt!«, meint Rote Sonne. Die beiden verteilen die Späne, um die Grenzlinie zu markieren.

Schnell sind zwei Parteien gebildet. »Noch was«, sagt Lachende Feder. »Alle Angreiferinnen und Angreifer, die entdeckt und mit Namen gerufen werden, scheiden aus. Nach einer halben Stunde ist das Spiel zu Ende. Ich nehme die Zeit!«

Der Platz ist für das Spiel ziemlich gut geeignet. Die Kuppe des Hügels ist fast kahl. Dort steht auch der Baumstumpf mit dem Schatz. Auf der Verteidigungslinie stehen einige große Felsbrocken mit Gebüsch drum herum. Davor ist dichtes Unterholz mit Holunder, Brombeerranken und Schlehen.

Lachende Feder und ich gehören zu den Angreifern. Außerdem noch Gute Medizin, Karla, Jörg und Martina. Zunächst hocken wir uns in einiger Entfernung zusammen und beraten unsere Vorgehensweise. Jörg macht einen langen Hals und versucht herauszufinden, wo sich die Verteidiger verstecken. Viel ist nicht zu erkennen. Wir entscheiden, uns zu verteilen und zu versuchen einzeln durchzukommen. Nur Karla und Martina wollen zusammenbleiben und einen Trick ausprobieren.

Leise schleichen wir uns vorwärts. Am Anfang ist das kein Problem. Wir sind von unseren Gegnern noch weit genug entfernt.

Immer näher rückt die Grenzlinie. Ich liege auf dem Bauch und beobachte angestrengt ein Gebüsch direkt neben dem Felsbrocken. Nichts rührt sich. Ich robbe mich weiter heran. Ein trockener Zweig knackt unter mir. Mist! Ich ducke mich und lausche einen Moment. Noch mal gut gegangen!

Jetzt muss ich ein Stück freie Fläche überwinden und dann hinter einem dicken Baum Deckung suchen. Einen Augenblick warte ich noch, dann springe ich los. Kurz bevor ich den Stamm erreicht habe, brüllt eine Stimme: »Dakota!«

Roberto hat mich erwischt, er kauert direkt

neben dem Felsen und freut sich wie ein Schneekönig. Ehe ich einen Fluch loslassen kann, höre ich weitere Rufe. Jörg und Lachende Feder sind auch geschnappt! Ich glaube, wir werden verlieren!

Gute Medizin ist das nächste Opfer. Und dann höre ich auch den Namen von Martina.

Auf der Seite ist großes Geschrei. Wir laufen alle in die Richtung. Und dann jubeln wir: Karla hat es geschafft! Ihr Trick war Klasse. Zusammen mit Martina ist sie auf die Linie zugekrochen. Im letzten Moment haben sie sich getrennt und Martina ist von Rote Sonne entdeckt worden. Er ruft ihren Namen und im gleichen Moment huscht Karla neben ihm durch. Ehe er den zweiten Namen brüllen kann, ist Karla schon auf dem Hügel. Ein richtig gutes Ablenkungsmanöver.

Karla wird von uns gefeiert. Rote Sonne wird von den anderen getröstet. Roberto sagt: »Darauf wäre ich bestimmt auch reingefallen!«

Zur Versöhnung teilen wir die Süßigkeiten unter allen auf und machen uns langsam wieder auf den Rückweg.

Als wir auf der Weide ankommen, sind doch einige von uns ganz schön geschafft. Vor allen Dingen haben wir einen mächtigen Durst.

Popcorn und Sara haben schon vorgesorgt. »Nehmt erst mal einen Schluck Sprudelwasser!«, sagt Popcorn feierlich. »Das ist der Geburtstagstrunk!«

Auf der Wiese steht ein Eimer und daneben etliche Gläser. Wir schöpfen uns etwas heraus. »Hm, schmeckt sehr gut!«, lobt Lachende Feder. Kleine Pfirsichstücke sind drin und es prickelt angenehm auf der Zunge. Und es ist schön kalt. Das tut gut!

Sara will mit uns allen ein Spiel machen. Erst murren wir etwas, dann lassen wir uns überreden. Das Spiel heißt auf indianisch »Hagoo«. Es ist sehr lustig, obwohl Lachen verboten ist!

Es geht so: Es spielen zwei Gruppen gegeneinander. Die eine Gruppe bildet eine Doppelreihe. Dazwischen bleibt ein Gang. An dessen Ende steht jemand aus der ersten Gruppe und winkt mit einem Tuch. Nun müssen alle Mitglieder der zweiten Gruppe nacheinander dorthin gelangen.

Der Witz an der Sache: Wer durch die Reihen geht, darf nicht das Gesicht verziehen! Lächeln oder Lachen ist verboten. Das ist verdammt schwer, denn die anderen machen Faxen, Späße, Verrenkungen. Sie lachen und albern herum. Nur wer eisern durchhält, wird nicht von der anderen Gruppe gefangen genommen.

Ich kann mich schon nach drei Schritten nicht mehr beherrschen und platze los vor Lachen. Den meisten anderen geht es genauso. Ich glaube, der Einzige, der durchgekommen ist, war Rote Sonne. Wir haben jedenfalls einen Riesenspaß gehabt. Wer schließlich gewonnen hat, wissen wir gar nicht. Bei den meisten indianischen Spielen ist die Lust am Spielen nämlich viel wichtiger als das Gewinnen!

Dann nimmt Rote Sonne eine leere Dose, dreht sie um und trommelt etwas auf ihr herum. Alle schauen zu ihm. Er hat für seinen Freund Roberto ein besonderes Geburtstagsgeschenk: einen selbst gebastelten Bogen und Pfeile. Roberto probiert ihn sofort aus und trifft auch den Pfosten vom Unterstand.

Wir sind beeindruckt. Rote Sonne sagt: »Das war ein toller Treffer. Was haltet ihr davon, wenn wir Roberto ›Falkenauge‹ nennen? Er hat doch als Einziger noch keinen Indianernamen!«

Wir rümpfen etwas die Nasen, sehr originell ist der Name ja nicht gerade. Aber Roberto findet ihn wohl prima. Er strahlt. »Warum nicht!«, meine ich.

Popcorn hat noch eine Überraschung. Sie holt einen Packen Hemden aus dem Tipi. »Bei den Indianern ist so ein Geburtstag auch ein Verschenkfest. Das heißt, alle bekommen etwas!« Sie legt die Hemden auf die Erde und hält eins hoch. »Für jeden gibt es eins!«

Es sind alte Männerhemden. Die Ärmel und der untere Rand sind mit der Schere zu vielen Fransen eingeschnitten. Mit Farbe haben sie bunte Verzierungen und Tiere auf die Vorder- und Rückseite gemalt. Ein Strohseil wird als Gürtel um die Taille geknotet. Popcorn hält ein Hemd nach dem anderen hoch und wir können auswählen. Ich nehme das, wo ein Roter Milan aufgezeichnet ist. Das ist mein Lieblingsvogel.

Wir sind alle so beschäftigt, dass wir nicht merken, wie es immer dunkler wird. Erst ein tiefes Grummeln schreckt uns auf. Von Südwesten zieht eine graulila Wolkenbank genau auf uns zu.

»Ein Gewitter ist im Anmarsch!«, meint Lachende Feder.

Dann Motorengeräusche. Zwei Autos halten vorne am Weg. Meine und Popcorns Mutter rufen uns zu: »Schnell, packt eure Sachen zusammen! Es kommt ein Unwetter auf!«

Einen Augenblick zögern wir. Indianer, die

vor einem Gewitter flüchten? Meine Mutter schimpft los: »Macht schon! In einer halben Stunde steht hier alles unter Wasser!«

Jetzt kommt Bewegung in unsere Runde. Die ersten stehen auf und räumen zusammen. Schließlich springen wir alle auf die Beine. Geschirr, Decken und Schlafsäcke werden wahllos in die Kofferräume der Autos geworfen. Ebenso das Zelt von Rote Sonne und Falkenauge. Unser Tipi lassen wir stehen.

Alle, die ein Fahrrad dabei haben, schwingen sich auf ihre Drahtesel und strampeln los. Die anderen fahren mit den Autos ins Dorf. Lachende Feder und ich holen die Ponys. Wir reiten zurück und Mathilda begleitet uns. Wir schaffen es gerade bis zu unserer Dorfwiese. Laura freut sich, dass endlich Pünktchen und Anton wieder da sind. Kaum haben wir das Gatter verschlossen, bricht die Hölle los. Es gießt in Strömen. Erst schließen wir die Augen, nehmen den Kopf in den Nacken und lassen uns das Wasser ins Gesicht prasseln. Aber dann wird es doch zu toll, es tut weh. Schnell flüchten wir unter das Vordach einer Scheune.

Der Regen kühlt die Luft ab und wir beginnen zu bibbern. Die ersten Blitze zucken und zögernd rollt der Donner hinterher. Das Gewitter ist noch in einiger Entfernung. Als die Sturzflut einen Moment Pause macht, rasen wir los. Auf den Straßen steht das Wasser. An der nächsten Ecke trennen sich unsere Wege. Wir sagen uns nicht mal »Tschüs«, denn der Regen peitscht wieder los. Klitschnass komme ich zu Hause an. So endet unsere Indianerwoche.

DIE DORFINDIANER

Am Sonntagnachmittag hocken wir in Andreas Zimmer. Nicole, Anna, Andrea und ich. Irgendwie mussten wir uns gleich nach dieser Woche noch mal zusammensetzen.

Andreas Zimmer hat sich ganz schön verändert, seit ich das letzte Mal hier war. Mit bunter Kreide hat sie an die Wand geschrieben: »Wir gehen mit unser Welt um, als hätten wir noch eine zweite im Kofferraum!« Das ist ein starker Spruch, finde ich.

An der anderen Wand hängen ein paar Indianerposter. Überall liegen bunte Kissen herum. Richtig gemütlich!

Es ist schön auf dem Fußboden herumzulümmeln, sich nahe zu fühlen und frischen Pfefferminztee zu schlürfen.

Nicole sagt: »Schade, dass am Samstag alles

so schnell zu Ende war. Ich hatte noch Schminkfarben dabei. Wir hätten uns toll anmalen und einen Indianertanz aufführen können!«

»Ich fand's auch so saugut!« Anna reckt sich genüsslich. »Wir sollten wirklich so weitermachen. Nicht nur in den Ferien ...«

Das versteht keiner.

Anna sieht unsere Gesichter und sucht nach anderen Worten. »Na ja, bei unserem Zeltlager haben wir doch einiges geschnallt. Wir sollten weitermachen. Jetzt bleiben wir ganz einfach Indianer, richtige Dorfindianer! Auch im Alltag!«

Ich hab's kapiert. Und die anderen auch.

Andrea meint: »Ist doch klar, wenn wir ein bisschen wie die Indianer denken, müssen wir auch so handeln, oder?«

»Genau«, stimme ich ihr zu.

Anna kichert: »Als Indianer muss man Farbe bekennen!«

Ich mag das an Anna. Ist ein Gespräch auch

noch so ernst, sie macht garantiert zwischendurch mal einen Spaß.

Unternehmen werden wir einiges. Das ist uns allen sonnenklar. Was dabei genau herauskommt? Keine Ahnung. Ich glaube, das geht automatisch. Wenn man richtig von einer Sache überzeugt ist und nicht nur so daherredet.

Ich denke, wenn ich Pflanzen und Tiere gern habe und sie achte, dann komme ich doch nie auf die Idee, irgendwas mutwillig zu zerstören, oder?

Andrea springt auf und holt eine Packung Kekse. Nicole gießt Pfefferminztee nach. Anna schmökert in einem Buch.

Ich träume so vor mich hin. Und mir fällt ein, wie ich »grüne Augen« bekam: Meine Mutter fuhr mit mir im Auto auf einem Feldweg. Weit und breit war nichts zu sehen. Mit einem Mal machte sie einen Schlenker. Ich guckte sie erschrocken an. »Da war 'ne Schnecke auf der Straße!«, sagte sie nur. Ich dachte, sie wollte mich verscheißern. Aber dann habe ich ein paar weitere entdeckt, denen wir auch auswichen. Das hat mir imponiert. Mutter sagte: »So was sehe ich einfach!« Ich nenne es »grüne Augen«. Obwohl ich in echt blaue habe.

Plötzlich bekomme ich einen Stups an den Arm.

»He!« Anna lacht und schüttelt mich. Ich schrecke auf.

»Wir wollten doch noch reiten!«, sagt sie.

Ich bin wieder voll da. Eigentlich wollte ich ihnen auch die Geschichte von den grünen Augen erzählen. Aber das verschiebe ich aufs nächste Mal. Nicole will auch nach Hause. Also brechen wir auf.

Als wir alle mitten im Raum stehen, sagt Anna: »Kommt, jetzt gründen wir den Stamm der Dorfindianer!« Sie schiebt uns aneinander, bis wir einen Kreis bilden und uns die Arme um die Schultern legen.

Das ist richtig feierlich.

Und schön.

Innen wird mir ganz warm und außen auf den Armen bekomme ich Gänsehaut.

So haben wir den Stamm der Dorfindianer gegründet.

Das mit dem Reiten wurde nichts mehr, denn es gab ein kleines Gewitter mit einem gewaltigen Platzregen.

Als ich am Abend noch einmal mit dem Fahrrad durchs Dorf fahre, bekomme ich plötzlich wieder grüne Augen. Auf dem Asphalt ringeln sich eine Menge Regenwürmer, die vor den Wassermassen geflüchtet sind. Ich lege das Fahrrad an den Straßenrand und sammle sie auf, ehe sie von den Autos zerfahren werden. Dann werfe ich sie auf die Wiese gegenüber, steige wieder auf mein Fahrrad und strample pfeifend weiter. Mein Kopf ist voll mit allen möglichen Sachen. Und ich weiß: Der Stamm der Dorfindianer wird jetzt erst richtig loslegen!

Edgar Wüpper lebt mit Frau und Kind, vier Pferden und einer pensionierten Kuh auf einem kleinen Bauernhof in der Nähe von Kassel. Er beschäftigt sich schon sehr lange mit den nordamerikanischen Indianern und hat zu diesem Thema bereits eine ganze Reihe von Kindergeschichten und -sachbüchern geschrieben.

Die Deutsche Bibliothek – CIP-Einheitsaufnahme

Wüpper, Edgar:
Die Dorfindianer / Edgar Wüpper. –
Stuttgart; Wien; Bern: Thienemann, 1997
(Thienemanns Buchpiraten)
ISBN 3 522 16937 9

Dieses Buch wurde nach den Regeln
der Rechtschreibreform gesetzt.

Reihengestaltung: Siglint Kessler
Einbandtypographie: Michael Kimmerle
Einband- und Innenillustrationen: Gaby van Emmerich
Schrift: Sabon Roman, ITC Kabel
Satz: KCS GmbH in Buchholz/Hamburg
Reproduktion: Die Repro in Tamm
Druck und Bindung: Friedrich Pustet in Regensburg

6 5 4 3 2 1   97 98 99 00 01

Sammle alle Buchpiraten!

Nortrud Boge-Erli
Dreimal lieber Angelo
Lilli kennt das Gruseln nicht

Erhard Dietl
Ferien mit Lorenz Klippstein

Sissi Flegel
Wir sind die Klasse vier
Wir sind die Klasse fünf

Roswitha Fröhlich
Agatha Windig und Nessie

Thomas Fuchs
Julia, die Schreckliche
Papas erster Zahn

Gisela Kautz
Rätsel um Blacky

Dirk Lornsen
Die Raubgräber

Hermann Moers
Hansi Müller, Sheriff
Schmitt und Schmitti